ごんげん長屋つれづれ帖【七】

ゆめのはなし

金子成人

JN054486

双葉文庫

目次

ごんげん長屋・見取り図と住人

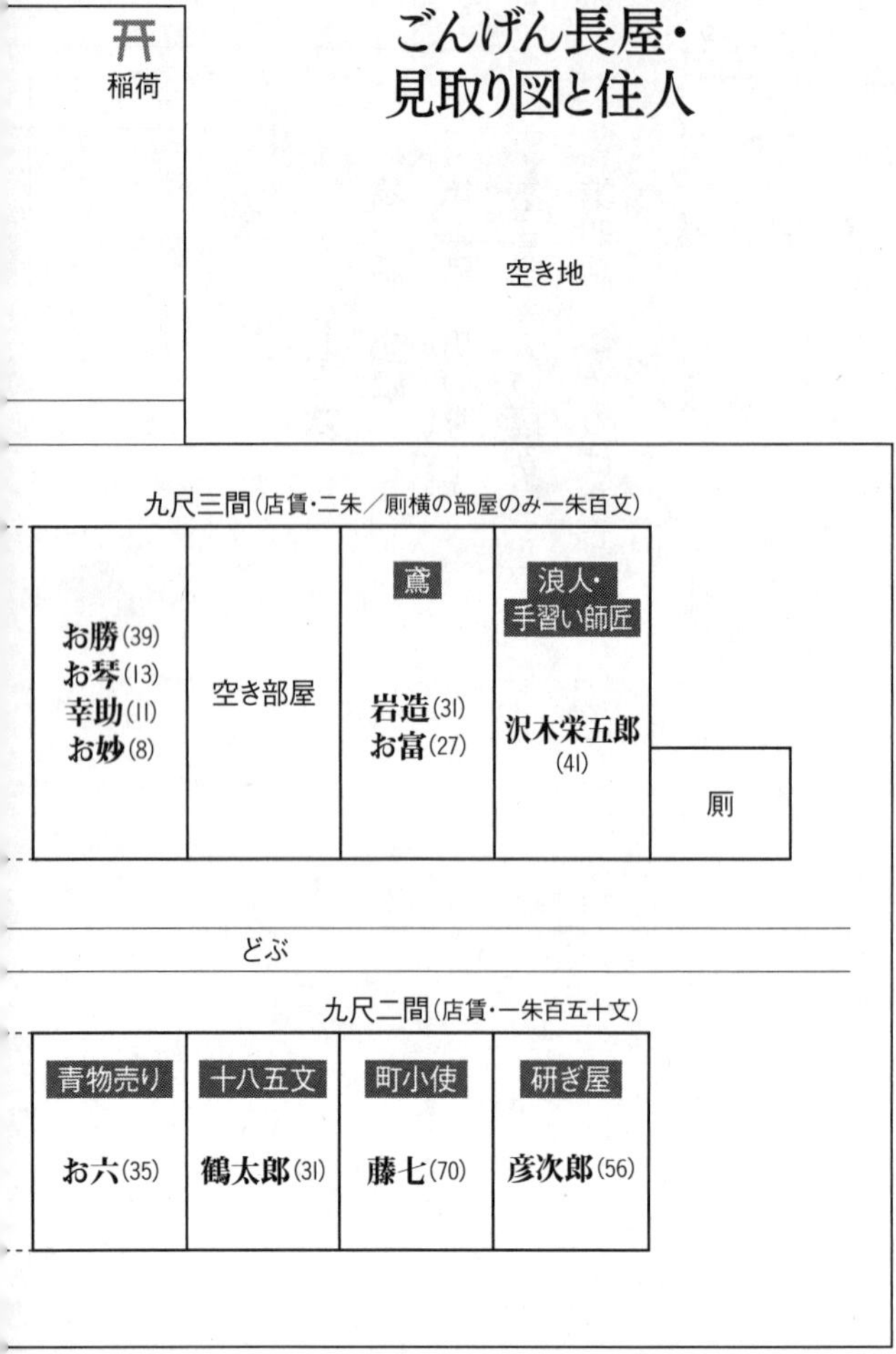

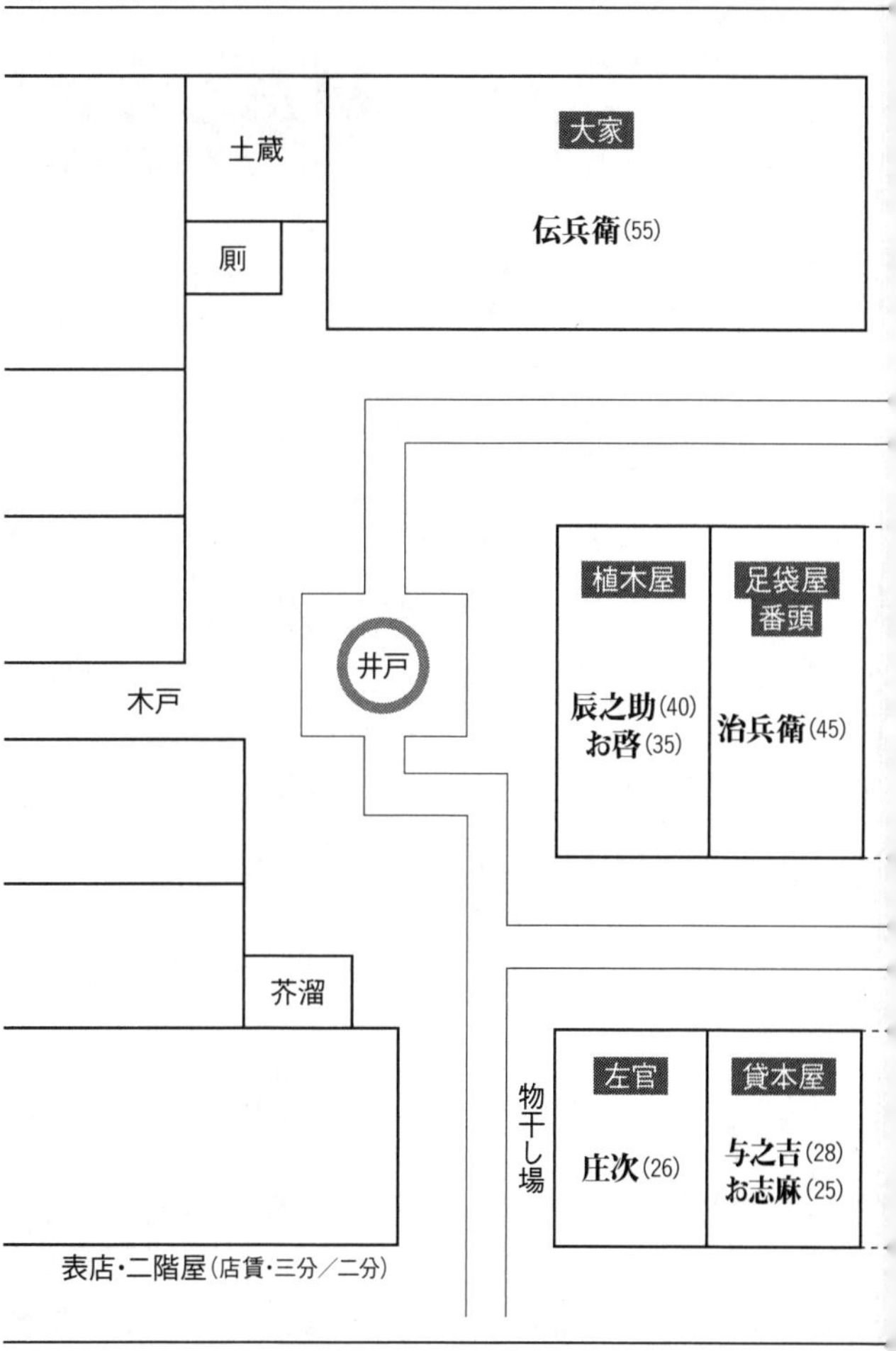
土蔵
大家
伝兵衛(55)
厠
植木屋
足袋屋
番頭
井戸
木戸
辰之助(40)
お啓(35)
治兵衛(45)
芥溜
物干し場
左官
庄次(26)
貸本屋
与之吉(28)
お志麻(25)
表店・二階屋(店賃・三分／二分)

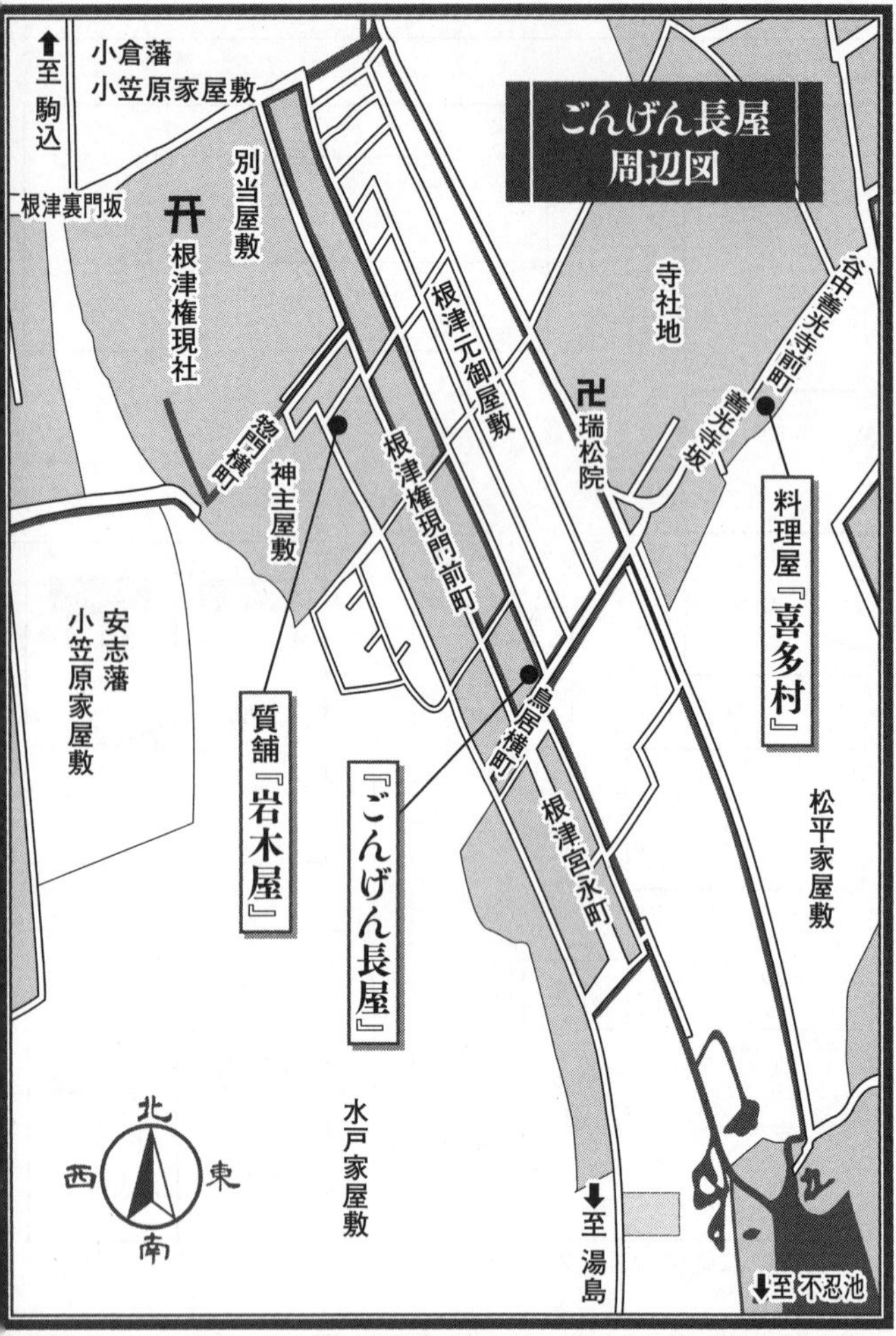

ごんげん長屋
周辺図
至 駒込
小倉藩
小笠原家屋敷
根津裏門坂
根津権現社
別当屋敷
惣門横町
神主屋敷
根津元御屋敷
根津権現門前町
寺社地
瑞松院
谷中善光寺前町
善光寺坂
料理屋『喜多村』
安志藩
小笠原家屋敷
質舗『岩木屋』
『ごんげん長屋』
鳥居横町
根津宮永町
松平家屋敷
水戸家屋敷
北
西
東
南
至 湯島
至 不忍池

ごんげん長屋つれづれ帖【七】

ゆめのはなし

第一話　恋娘

一

日の出からほんの少ししか経《た》っていない井戸端《いどばた》に、まだ朝日は射《さ》していない。根津権現門前町《ねづごんげんもんぜんちょう》の表通りから小路《こうじ》を入った先にある『ごんげん長屋』は町家に囲まれており、日が射すまで、あと寸刻は待たなければならない。

かといって、暗いというわけではない。

近隣の屋根瓦《やねがわら》の照り返しが、米を研《と》ぐ音や青物《あおもの》を洗う音のする井戸端を明るくしている。

しゃがんで米を研ぐお勝《かつ》は、火消し人足《にんそく》の女房のお富《とみ》と、植木職の亭主を持つお啓《けい》とともに、朝餉《あさげ》の支度に取り掛かっていた。

「しかし、あれだねぇ。日ごとに水が冷たくなっていくような気がするねぇ」

釣瓶《つるべ》を引き上げたお啓が、井戸水を桶《おけ》に注ぎながら声を発すると、めた。

「ほんとだねぇ」

相槌《あいづち》を打ったお勝は、立ち上がって前掛けで手を拭《ふ》いた。

「十五日の月見が終わったと思ったら、あっという間に秋も半ばだよぉ」

お富は、桶の水に浸《つ》けている泥《どろ》のついた里芋《さといも》を、両手でごしごしと掻《か》き回し始めた。

月見から十日も過ぎたこの日は、あと五日もしたら、月が替わって九月になるという時節である。

「お啓さんたちは、更衣《ころもがえ》の支度は済んだのかい」

お勝が問いかけると、

「袷《あわせ》はなんとか出来たけど、綿入れがまだなんだよぉ」

お啓はぼやいて顔をしかめた。

「だけど、綿入れを着るようになるまでには日にちもあるし、毎年のことだからなんとかなりますよ」

丸っこい体つきに似て鷹揚《おうよう》なところのあるお富は、のんびりと応《こた》えた。

「おはよう」

声を掛けて井戸端に現れたのは、お啓の亭主の辰之助《たつのすけ》である。

お勝たちが口々に朝の挨拶《あいさつ》をしていると、研《と》ぎ屋《や》の彦次郎《ひこじろう》が長屋で一番の年長者である藤七《とうしち》と、それぞれ桶を抱えてやってきた。

「おはよう」

女たちが声を掛けると、藤七と彦次郎からも朝の挨拶が返ってくる。

「お二人とも、顔を洗うなら、おれが水を汲《く》みますよ」

そう言うなり、辰之助は釣瓶を井戸に落とす。

「ありがとよ」

「なんの」

藤七に返答した辰之助は、汲んだ水を二人の桶に注ぎ、最後に自分の桶に注いだ。

「うちのお琴《こと》から聞いたんだけど、藤七さんと彦次郎さんはここのところ、二人で朝餉の支度をしてるそうだけど」

お勝が、洗った顔を手拭《てぬぐ》いで拭く二人に問いかけると、

「あぁ、それで」

お富が素《す》っ頓狂《とんきょう》な声を出した。

「それでっていうと」

「彦次郎さんの家から、ときどき、藤七さんと話す声がしてたもんだからさぁ」

お富は、お啓の不審にそう答えた。

「おれは朝の早い仕事じゃねぇし、彦次郎さんだって仕事場はここだから、朝はのんびりできるご身分だ。それで、飯炊《めした》きと味噌汁《みそしる》作りを手分けした方が手間も省《はぶ》けていいってことになってさ」

「なぁるほど」

辰之助は、藤七の返答に大きく相槌を打った。

「おはようございます」

手拭いを掛けた桶を抱えて現れたのは、近くの寺で手跡指南所《しゆせきしなんじよ》の師匠を務《つと》めている、浪人の沢木栄五郎《さわきえいごろう》だった。

皆が口々に挨拶を交《か》わしていると、

「いやぁ、昨夜は猫の鳴き声がうるそうございましたねぇ」

足袋屋《たびや》の番頭をしている治兵衛《じへえ》も、桶を抱えて現れた。

「治兵衛さん、ここが空きますからどうぞ」

お勝が釜《かま》を抱えて井戸端の敷石から離れると、大方洗い物を終えたお富とお啓も男たちのために場所を空けた。

「あれだねぇ。昨夜の猫の声ってのは、子を産んだばかりの親猫の気が立ってたからじゃないのかねぇ」

「なるほどね」

治兵衛は、藤七の推測に素直に同意した。

「生まれたといえば、八丁堀《はっちょうぼり》に引っ越した国松《くにまつ》さん夫婦はどうしたんでしょうね」

栄五郎が突然、誰にともなく気遣《きづか》わしげな声を出した。

「そうだ。なんかひとつ忘れてるような気がしてたのはそのことですよ。たしか、おたかさんの産み月は、この夏じゃなかったかねぇ」

お富は首を捻《ひね》ると、その場の一同に眼を向けた。

「ひと頃は、うちのお妙《たえ》と弥吉坊《やきちぼう》は文《ふみ》のやりとりをしていたんだけど、このところはそれも途絶《とだ》えてる有り様でしてね」

お勝が口にした弥吉というのは、栄五郎が声にした国松夫婦の倅《せがれ》である。

八つのお妙と同じ年の弥吉とその二親《ふたおや》は、去年の暮れまで『ごんげん長屋』の住人だった。

身重になった女房のおたかが万一のとき、仕事先の霊岸島《れいがんじま》から根津権現門前町に駆けつけるのは難儀だということで、女房思いの国松は、霊岸島に近い八丁堀に移り住むことにしたのだった。

「無事に生まれているといいのだがねぇ」

しみじみと口にした彦次郎の言葉に、お勝をはじめ、その場の者たちは一様に頷《うなず》いた。

『ごんげん長屋』のお勝の家に、朝日が射し込んでいる。

日の出から半刻《はんとき》（約一時間）ばかり経つと、路地を挟んだ向かい側にある六軒長屋の屋根から朝日が顔を出し、戸口の腰高障子《こしだかしょうじ》や流しの明かり取りを輝かせるのだ。

そんな光の中、お勝と三人の子供は箱膳《はこぜん》に着いて朝餉を摂《と》っていた。

『ごんげん長屋』は、路地を間に平屋の六軒長屋が二棟《むね》、向かい合っている。

お勝が住む棟は九尺三間《くしゃくさんけん》の広さがあり、店賃《たなちん》は二朱。藤七や彦次郎が住む棟は九尺二間《くしゃくにけん》と狭く、その分店賃は一朱と百五十文と、いくらか安い。

ただ、九尺三間に住む沢木栄五郎の家の店賃は、厠《かわや》と隣り合っていることもあり、店賃は一朱百文となっていた。

「お妙お前、どうして弥吉と文のやりとりをしなくなったんだよ」

お勝の横で朝餉を摂っていた幸助《こうすけ》が、幾分咎《とが》めるような物言いをした。

向かいでお琴と並んで箱膳に着いていたお妙が、箸《はし》を止めて何か言おうとしたのだが、言葉は出なかった。

四人が箱膳に着いて食べ始めてから、お勝は、先刻井戸端で話に出た国松一家の件を持ち出し、一家には赤子が生まれているのではないかと、栄五郎が気にしていたことも子供たちに伝えたのだった。

幸助のお妙への問いかけは、その話をしたあとに向けられたものだった。

「わたしが文を出しても、弥吉ちゃんからの返事が来ないときもあったし、やりとりするのを嫌になったに違いないんだ」

幸助の問いかけに一度言葉を呑《の》み込んだあと、少し間を置いたお妙は、自棄《やけ》のような物言いをした。

「そんなことはないよ、お妙」

お勝は静かに口を挟み、

「住まいを移したら移した先で、何かと用事も増えたりするもんなんだよ。そのうえ、おたかさんが赤子を産んでいたら、弥吉坊だって、いろいろおっ母さんの手伝いをしなきゃならないこともあるから、文の返事どころじゃないのかもしれないじゃないか」

嚙《か》んで含めるように言葉を連《つら》ねると、お妙は小さく頷いた。

「赤ん坊が生まれてるとしたら、おたかおばさん、いつか見せに来てくれるよね」

お琴からそんな言葉を掛けられたお勝は、

「生まれてるとしても、まだ三月《みつき》か四月《よつき》だろうし、外に連れ出すには何かと用心がいるからねぇ」

そう口にして、子供たちに笑みを向けた。

するとお琴は、

「お妙あんた、生まれたかどうか、弥吉ちゃんに文を出して聞いてみなさいよ」

姉さんぶって、やんわりと命じた。

そのとき、

「ごめんよ」

路地から年の行った男の声がして、開いた戸口から藤七が顔を突き入れた。

「おはよう」

子供たちが一斉に朝の挨拶を向けると、

「通りかかったら、弥吉に文を書くとか聞こえたが、お妙ちゃん、そんなものはいらないよ」

「え」

お妙が、訝《いぶか》るように眼を瞠《みは》った。

「今日、日本橋《にほんばし》の方に行く用事があるから、このじじいが八丁堀に足を延ばして、弥吉たちの長屋を訪ねて様子を見てくるよ」

藤七がそう言って笑みを浮かべると、お琴とお妙から歓声が上がった。

質舗《しちほ》『岩木屋《いわきや》』は、根津権現社《ねづごんげんしゃ》の境内《けいだい》の南端と境を接する根津権現門前町の北端にある。

『ごんげん長屋』も同じ町内だが、そこから三町（約三百三十メートル）足らずの道のりだから、線香一本が燃え尽きる前に行き着ける。

根津権現門前町の範囲は広く、『ごんげん長屋』は町の南端にある。

その隣町には妓楼《ぎろう》の建ち並ぶ根津宮永町《ねづみやながちょう》があり、不忍池《しのばずのいけ》に近い池之端七軒町《いけのはたしちけんちょう》一帯と境を接していた。

『岩木屋』が店の大戸《おおど》を開けるのは、毎朝五つ（午前八時頃）である。

帳場を預かる番頭のお勝をはじめ奉公人たちは、店を開ける四半刻《しはんとき》（約三十分）

ほど前には顔を揃《そろ》え、表を掃《は》いたり、客を迎え入れる土間と板の間の掃除をしたりする。

その後、主《あるじ》の吉之助《きちのすけ》から、

「開けましょう」

という声が掛かるのを待って店の大戸を開けるのが、いつものことだった。

大戸を開けたら、お勝と手代《てだい》の慶三《けいぞう》は帳場近くに残り、車曳《くるまひ》きの弥太郎《やたろう》は大八車《だいはちぐるま》を置いてある建物の脇の空き地へと行き、蔵番《くらばん》の茂平《もへい》と修繕係の要助《ようすけ》は、預かっている質草《しちぐさ》などを置いてある蔵へと引っ込むのだ。

だが今朝は、

「おれはここで一服していくから、先に行ってな」

茂平は、要助を先に行かせると、四角い店番火鉢《みせばんひばち》に近い板の間に腰を下ろし、帯に挟んでいた煙草入《たばこい》れを外した。

蔵番は預かった質草の出し入れと損傷の防止を担《にな》うのだが、修繕係の要助は『損料貸《そんりょうが》し』の品物が破損したときの修繕を受け持っている。

『損料貸し』というのは、品物を預かって金を貸すという質屋の仕事の、もうひとつの商《あきな》いである。

客の中には、品物を質草にして金を借りたものの、期限が来ても金の工面《くめん》ができずに、質草を請《う》け出せなくなる者も少なくない。客が請け出せなくなることを質流れなどと言うのだが、そんな品が増えるばかりでは、質屋は困る。

そこで考え出されたのが、蔵に寝かしたままの質流れの品を、損料と称して貸し賃を取り、一定期間貸し出すという商法だった。

狭い長屋に住む多くの町人らには、決まった季節にしか使わない品物などを納《おさ》める場所がない。武家や商家にしても、いつ使うかわからない品物を買い求めるより、使うときに借りられる『損料貸し』は便利な手立てと言えた。

質舗『岩木屋』は、お上から『損料貸し』を許された質屋なのである。

お勝が机に着いた帳場格子《ちょうばごうし》の傍《かたわ》らでは、吉之助と慶三が向かい合うようにして、日付と名を記して質草に結びつける紙縒《こよ》りを縒《よ》っていた。

「さてと」

煙草を喫《の》んでいた茂平が煙管《きせる》を叩いて煙草入れにしまうと、声を出して腰を上げた。

すると、同時に、

「損料貸しした四手駕籠《よつでかご》や、婚礼に貸し出した膳を引き取りに行ってきます」

出入り口の戸を開けた弥太郎が、店の中に顔を突き入れて声を掛けた。

「七軒町の熊七《くましち》さんと、根津裏門坂《ねづうらもんざか》の富永《とみなが》様だね」

「へい」

弥太郎は、お勝に返答するとすぐ顔を引っ込めた。

「気をつけてお行き」

「ご苦労さん」

吉之助や慶三から声が掛かったときには、弥太郎の曳《ひ》く大八車の車輪の音が店の中まで届き、

「おぉ、安造《やすぞう》、早いね」

名を口にした弥太郎の声が辺りに響き渡った。

「おはようございます」

外から戸を開けて土間に入ってきたのは、竹籠《たけかご》を背に負った銭緡《ぜにさし》売りの安造だった。

「おぉ、来たか」

茂平がぞんざいな物言いをしたが、声音《こわね》には親しみが籠《こ》もっている。

「出来上がった分をお届けに参りました」

今年十六の安造が、下ろした竹籠から二束《ふたたば》の緡《さし》を出して板の間に置く。腰を上げたお勝が、置かれた緡の近くに膝《ひざ》を揃えると、吉之助と茂平も寄ってきて緡の束を手にした。

「お父っつぁんの具合はどうなんだい」

「はい。以前よりは顔色もよくなりました。でも、まだお届けに出歩くのは難儀なようで、緡の届けにはおれがこうして」

吉之助の問いかけに、安造は丁寧《ていねい》に返事をした。

父親の房次郎《ふさじろう》は以前から『岩木屋』に緡を納めていた緡職人だった。

「おい。この緡は房次郎さんも作ってくれてるのか」

手にしていた緡を見ていた茂平が、安造に問いかけると、

「はい。このところ調子がいいときは、一緒に緡作りをしてくれてます」

安造は、幾分強張《こわば》った顔になって頷いた。

「おめぇもだいぶ腕を上げたじゃねぇか。どれがお父っつぁんの緡か、見分けがつかなくなってやがる」

「ありがとうございます」

茂平の言葉に、安造の顔にほっとした笑みが広がった。

銭緡とは、一文銭を五十なり百なり、まとまった数にするために、穴明《あなあ》き銭《せん》の穴に通して結ぶ紐《ひも》の呼び名である。

大事な銭に関わることでもあり、緡には使いやすさと丈夫さが求められていた。

「慶三さん、これだけあれば当分は大丈夫だね」

お勝が緡を指さして尋ねると、

「はい。来月の半ばくらいまでは間に合うかと」

そんな返事が慶三から来た。

「ときどき、神田《かんだ》や日本橋にお届けに回る折もありますから、その帰りにでも様子を窺《うかが》いに立ち寄らせてもらいます」

「そうしてくれると大助かりだよ」

お勝の声に小さく頭を下げた安造は、竹籠を担《かつ》ごうとした手をふと止めた。

「お父っつぁん、あたしこれからお茶の稽古《けいこ》に行ってくるから」

奥から板の間に現れるなり声を発した吉之助の娘のお美津《みつ》は、

「あら、安造さん」

土間に立っていた安造に眼を留めた。

強張った顔で会釈《えしゃく》をした安造は、

「それじゃ、わたしは」

ぎくしゃくした動きで竹籠を背負った。

「安造さんはこれからどこへ行くんだい」

吉之助から声を掛けられると、

「はい、あの、神田旅籠町《かんだはたごちょう》の方へ」

安造からそんな声が返されると、

「茶の稽古は湯島天神下《ゆしまてんじんした》だから、その辺りまで安造さんに付き添ってもらったらどうだ」

吉之助は屈託《くったく》のない声をお美津に投げかけた。

「湯島ならすぐそこだもの、大丈夫よ」

片手を左右に打ち振ったお美津は、

「じゃ安造さん、またね」

と笑みを向け、十五の娘盛りらしく、紅紫色《べにむらさきいろ》の萩《はぎ》の花をあしらった薄青色の華《はな》やいだ振袖《ふりそで》を左右に揺らしながら、奥の廊下へと去っていった。

「あぁ、安造さん。帰りがけにでも、『ごんげん長屋』に寄ってお行きよ。お琴が房次郎さんの具合を気にしていたからさ」

お勝が声を掛けると、戸口で足を止めた安造はぎこちなく頭を下げ、土間から表へと出た。

二

根津権現門前町の表通りは夕焼けに染まっていた。

日はすでに本郷台地《ほんごうだいち》の西方に沈んでいるが、千代田《ちよだ》のお城の周辺や台地の西側にある小石川《こいしかわ》や御茶ノ水《おちゃのみず》一帯は、沈む前の西日を浴びているに違いない。

町の西側に本郷の台地の走る根津権現門前町は、他所《よそ》よりも早く日が翳《かげ》る。

お勝が『岩木屋』の仕事を終えて帰る時分には、町は残照《ざんしょう》に染まっている。

岡場所を抱える根津権現門前町界隈《かいわい》が、昼から夜の貌《かお》へと変わる頃おいはなんとも言えない風情《ふぜい》があって、お勝は気に入っていた。

『ごんげん長屋』の住人がよく使う湯屋《ゆや》『たから湯《ゆ》』を過ぎると、馴染《なじ》みの居酒屋『つつ井《い》』がある。

店は開けている様子だが、戸口に下がった明かりのない提灯《ちょうちん》の前を通り過ぎてしばらく行った先で左に曲がり、お勝は薄暗い小路へと歩《ほ》を進める。

小路の先が『ごんげん長屋』の井戸端なのだが、今日は珍しく静まり返っている。

井戸の周りに敷かれている石畳が濡れているところを見ると、ついさっきまで誰かが洗い物をしたり、仕事帰りの足の汚れを洗い流したりしていたようだ。

お勝は、二棟の六軒長屋の間に延びている路地へと足を向けると、左の棟の井戸から三軒目の戸口に立ち、

「ただいま」

戸を開けると同時に、土間へと足を踏み入れた。

「お帰り」

流しで鍋《なべ》の中身の味見をしていたお琴をはじめ、四つの箱膳に焼き魚や小鉢《こばち》を載せていたお妙、茶碗や箸を並べていた幸助から口々に声が掛かった。

「おっ母さん、あのね。今日、八丁堀に行った藤七さんが、弥吉ちゃんやおたかおばさんに会ってきてくれたんだよ」

箱膳に皿を並べていた手を止めたお妙が、気負い込んだようにお勝に告げる。

「そしたらね、おばさんは女の子を産んでいたんだって」

「名前は、おみちちゃん」

お琴が、竈《かまど》に掛けられた鍋から取り分けた汁椀《しるわん》を箱膳の近くに運びながら口を

挟むと、お妙は笑顔で大きく頷き、

「そしたら、おたかおばさんは近々赤ん坊を見せに、『ごんげん長屋』に来るつもりだったらしいって、藤七さんが言ってたよ」

と続けた。

「無事に生まれていて、何よりだったじゃないか」

そう言って、大きく息を吐いたお勝が自分の膳の前に腰を下ろすと、飯を盛った四つの茶碗を配り終えた幸助もお勝の隣に着いた。

「それじゃ、いただこう」

「いただきます」

三人の子供は、お勝の音頭で声を揃えると、箸を手にして食べ始める。

「あ、そうだ」

しばらく無言で食べていると、思い出したように口を開いたお琴が、

「今朝方、久しぶりに安造さんがうちに寄ってくれたんだよ」

と、お勝に笑みを向けた。

「あぁ。『岩木屋』に来たとき、寄ってみればと言ったんだよ」

お勝が何気なく返答すると、

「ありがとう」

お琴から、思いもしない言葉が返ってきて、

「何が」

お勝は思わず問い返した。

「寄るように言ってくれて」

「なんで、おっ母さんに礼を言うんだ？」

首を捻った幸助が、呟《つぶや》くように疑義を口にした。

「だって、それで安造さんが寄ってくれたから」

ムッとしたような口ぶりで小さく反発したお琴は、口先を軽く尖《とが》らせて箱膳の汁椀を手にした。

「安造さんて、誰？」

ふと手を止めたお妙が、ぽつりと口にした。

「沢木先生の手跡指南所でお琴と机を並べていた男の子なんだよ。お妙が通い始めた時分にはやめていたから知らないだろうね」

箸を持つ手を止めたお勝は、当時のことを思い浮かべるようにして口を開いた。

安造は緡作《さしづく》りを生業《なりわい》にしている父親と母親と弟の四人で、二年前まで谷中三崎《やなかさんさき》

町《ちょう》に住んでいた時分、『ごんげん長屋』からほど近いところにある瑞松院《ずいしょういん》の手跡指南所に通っていた。

ところが、父親が胸を患《わずら》った二年前、家族四人は、畑や木々の多い上駒込村《かみこまごめむら》に住まいを移していたのである。

「それで、安造さんは何か言っていたかい」

お勝が静かに問いかけると、

「うん」

お琴は間髪《かんはつ》を容《い》れずに返事をし、さらに、

「今日『岩木屋』さんに縉を届けたら、皆さんに上出来だって褒《ほ》められたって、喜んでた。それにね、駒込は、これから木々の葉っぱが色づいて綺麗だから見においでって、誘ってくれたんだ」

浮かれたような声を出すと、汁椀を置いた。

「見に行くの？」

「いつか、うん。家の場所も教えてもらったし」

尋ねたお妙に他人事《ひとごと》のように答えると、お琴は飯を口に運んだ。

何気なさを装《よそお》っていたが、お琴の物言いや顔には隠し切れない恋心のようなものが洩《も》れ出ていた。

秋晴れの根津権現門前町の大通りは、根津権現社の参拝者《さんぱいしゃ》や担《かつ》ぎ商《あきな》いの物売りの行き来などで賑《にぎ》わっていた。

そんな人通りを、お勝は半ば駆けるように下駄履《げたば》きの足を『ごんげん長屋』へと向けている。

しばらく雨も降らずに乾《かわ》いていた道の砂を軽く巻き上げながら急ぐお勝は、やっとのことでお妙に追いついた。

縮売りの安造が『岩木屋』に現れてから三日後の四つ半（午前十一時頃）という時分である。

「弥吉ちゃんとおたかおばさんが、赤ん坊を連れて『ごんげん長屋』に来たんだって」

そんな知らせを持って、お妙が『岩木屋』に駆け込んできたのは、ほんの少し前だった。

瑞松院の手跡指南所で手習いの稽古に勤《いそ》しんでいたとき、弥吉が現れて、お妙に来訪を告げたという。

「すぐに戻りますから、ほんの少し『ごんげん長屋』に行かせてください」

お妙が願い出ると、

「半刻ほどは許す」

指南所の師匠である沢木栄五郎から寛大な返答があり、お妙は『岩木屋』のお勝に知らせるとすぐ、待つこともなく『ごんげん長屋』へと向かっていたのである。

「幸助は来ないのかい」

お勝は、足袋の『弥勒屋《みろくや》』の表辺りでお妙に追いついて尋ねると、

「『ごんげん長屋』に行って戻るのが面倒だから、お寺に残るんだって」

お妙からは、冷ややかな答えが返ってきた。

お勝とお妙が揃って『ごんげん長屋』の井戸端に駆けつけると、大家の伝兵衛《でんべえ》の家の方から賑やかな話し声がした。

秋の日を浴びている縁側に、伝兵衛はじめ、藤七、彦次郎、お富にお啓、それにお琴と弥吉が集まっており、その中心に、赤ん坊を抱いたおたかの笑顔が見える。

「弥吉っちゃん!」

お妙が縁に向かって駆け出すと、

「こっちこっち」「ほら、女の子だよ」などというお富たちの明るい声が、お勝に向けて飛んできた。

「おたかさん、よく来てくれたねぇ」

縁側に近づいてお勝が声を掛けた。

「これが、おみちです」

おたかは、顔が見えるよう、抱いた赤ん坊の体をお勝の方に向けた。

「綺麗な顔をして――だけど、無事に生まれてよかったねぇ」

「はい。おかげさまで」

おたかは、軽く頭を下げた。

「産後は母親の体も大事だそうだから、こうして母子揃って来てくれただけで嬉しいよ」

伝兵衛がしみじみと口にすると、囲んでいた住人たちもうんうんと頷き合う。

「おみちちゃんの顔は、誰かに似てるね」

お富が呟くと、周りの者たちが一斉に赤ん坊に眼を向けた。

「おたかさんかね」

「いいや、違う」

藤七が、お啓の意見に即答する。

「なんだか、お琴ちゃんに似てるような気がするんですがねぇ」

彦次郎の発言に、皆の視線がお琴に向いた。

「きょうだいでもないのに、どうしてお琴姉ちゃんに似るの？」

異議を差し挟んだのは、お妙である。

「他人の空似ということもあるからさ」

藤七の言葉に、大方の者はうんうんと頷いた。

「うちの近所の人が言うんですよ。父親の国松に似なくてよかったなんて」

口にしたおたかは、陽気に笑い声を上げた。

「いやぁ、国松さんが醜男《ぶおとこ》ってことはないじゃありませんか」

伝兵衛が、珍しく語気を強くした。

おたかの亭主の国松は、霊岸島で樽《たる》ころの仕事をしている。

諸国から運ばれてきた酒樽《さかだる》や醤油樽《しょうゆだる》などを船から下ろしたり、岸から船に積み込んだりする力仕事をする者を樽ころと呼んでいた。長年、力仕事をしてきた国松の体格は逞《たくま》しく、顔も手足も日に焼け、無精髭《ぶしょうひげ》を伸ばしているから、風貌は恐ろしい。

だが、穏やかな性分の気遣いの男だということは、『ごんげん長屋』の住人はよく知っている。

お勝は前々から、国松は小ざっぱりさえすれば、優しげな顔つきに違いないと思ってはいた。

「それで、国松さんは変わりないのかい」

お啓が尋ねると、

「おかげさんで、あの人は元気だけが取《と》り柄《え》だから」

「そりゃそうだ」

藤七がおたかの声に素早く応えた。

「あ、そうそう。うちの人から、お勝さんにくれぐれも礼を言ってくれと頼まれてましたよ」

「なんのことだろう」

お勝が首を捻ると、

「水谷町《みずたにちょう》の長屋に口を利《き》いてくれた、お勝さんの幼馴染《おさななじ》みの銀平《ぎんぺい》親分が気にかけてくれて、ときどき訪ねてくれるんですよ」

おたかから、思いがけない話が飛び出した。

お勝の三つ年下の銀平は、同じ日本橋馬喰町《ばくろちょう》生まれの幼馴染みで、今は馬喰町で目明《めあ》かしを務めている気のいい男だった。

「おや、何ごとですか」

そんな声を出して現れたのは、空に近い竹籠を天秤棒《てんびんぼう》から下げたお六《ろく》である。

いつも、朝の暗いうちに長屋を出ていくお六は、京橋《きょうばし》の大根河岸《だいこんがし》や本所《ほんじょ》の青物河岸《ものがし》などで根菜《こんさい》や青物を仕入れて町を歩く、青物売《あおものう》りを生業にしていた。

「ほら、去年の暮れまでここに住んでいた樽ころの国松さんのことは、お六さんも耳にしたことはあるだろう」

「あぁ」

伝兵衛の言葉に声を出して、お六は大きく頷いた。

「この人は、おたかさんたちが八丁堀に行ったあと、年明けから『ごんげん長屋』の住人になったお人なんだよ」

「六です」

お勝の言葉に続いて自ら名乗ると、お六は担いでいた天秤棒を下ろし、

「ほっぺに触ってもいいかね」

おたかに、恐る恐る問いかけた。

「どうぞ」

笑みを浮かべたおたかは、抱いていた赤ん坊をお六の方に近づける。

お六は、赤ん坊の顔にゆっくりと手を伸ばすと、人差し指の腹でそっと頰《ほお》を撫《な》でながら、

「丈夫に育て」

愛《いと》しさに溢《あふ》れた声を赤子のおみちに向けて囁《ささや》いた。

三

半刻前に日の沈んだ『ごんげん長屋』に夜の帳《とばり》が下りていた。

行灯《あんどん》のともされたお勝の家では、夕餉を摂り終えたばかりの母子四人が、茶碗や皿などを桶に重ねたり箱膳を拭いたりと、それぞれが立ち働いている。

「おっ母さん、昼間、お六さんは、赤ん坊の頰に触りながら、そっと涙を拭いてたね」

「へえ、お前、気づいてたのかい」

お勝は、そんなところに眼を届かせていたお琴に感心して笑みを向けると、

「うん」

お琴は小さく頷いた。

「あれだよ、子供の邪気のない顔を見ると、大人はつい嬉しくなるものなんだよ」

お勝は明るく口にした。

だが、お六の涙には、幼い我が子を不注意で溺《おぼ》れ死にさせてしまった苦い記憶が入《い》り交《ま》じっていたのかもしれない。

そんなことは口にせず、

「さてと」

ことさら明るく声を張り上げると、お勝は空いた鍋釜《なべかま》を流しに運ぶ。

昼間、赤ん坊と弥吉を連れて『ごんげん長屋』にやってきたおたかは、半刻ばかりいて、八丁堀へ帰っていった。

「ね、おっ母さん」

いきなり声を上げたのは、夕餉の間、あまり口を利かなかったお妙である。

「なんだい」

「どうしたら、赤ん坊は出来るんだろう」

お妙が、思いつめたような眼差しをお勝に向けていた。

「バァカ」

呆《あき》れたような声を投げかけたのは、布巾《ふきん》で箱膳を拭いていた幸助で、

「産婆《さんば》さんがおっ母さんの腹から引っ張り出すんだよ」

自信に満ちた声を続けて吐いた。

「じゃ、どうして、赤ん坊は腹に出来るのよ」

「卵を食うからだよ」

幸助は、お妙の不審に対して、確信を持って即答する。

「なんの卵を食べるのよ。わたしなんか、何度も鶏《にわとり》の卵は食べたけど、生まれやしない」

異を唱《とな》えたお妙は、悔しげに自分の腹に両手を置いた。

「当たり前じゃねぇか。十《とお》にもならないお前なんかに赤ん坊が出来るわけないだろう。せいぜい十八、九の体にならなきゃ、腹の中に抱えきれるわけないんだよ」

「ふーん」

お妙は幸助の説に納得がいったのか、感心したような声を洩らした。

「幸助の話は違うね」

静かに口を利いたお琴は、

「わたしは、知ってるんだ」

秘密めかしたような物言いをすると、微《かす》かに笑みを浮かべた。

すると、お妙と幸助は声もなく、お琴が次に何を言うのかを待っている。

「京橋の漬物屋《つけものや》で住み込み奉公してるおもとちゃんが、先月の藪入《やぶい》りで根津に帰ってきたとき、教えてくれた」

「それで」

声を低めたお妙が、お琴に半歩近づく。

それ以上は言わなくていい——お勝はつい、止めようと思ったその矢先、

「言ぃわない」

お琴は笑ってそう言うと、

「洗い物をしてくる」

器《うつわ》などを重ねて入れた桶を抱えて土間に下り、路地へと出ていった。

「おっ母さんは、知ってるんだね」

お妙が、真剣な眼差しでお勝を見た。

「おっ母さんは知らないよ」

即座にそう断じた幸助は、

「おれもお琴姉ちゃんもお前も、身寄りがないからおっ母さんに引き取られて育てられた子供たちだ。ということは、おっ母さんは子供を産んだことがないのさ」

お妙に向かって、どうだと言わんばかりに胸を張った。

二十年ほど前に男児を産んだことはあるが、今日のところは幸助の言う通りにしておこう——腹の中で呟いたお勝は、ニヤリと口の端で笑った。


明日は月が替わって九月になるという、八月三十日の夕刻間近である。

九月一日は更衣《ころもがえ》をする習わしとなっていて、九日には菊《きく》の節句《せっく》が待っている。

春の終わりに預かっていた手焙《てあぶ》りや行火《あんか》などを、池之端七軒町の妓楼に届けに行き、空いた大八車に、新たに質草となった八張りの蚊帳《かや》を載せ終わったばかりだった。

車曳きの弥太郎が、荷台に積んだ質草が崩れ落ちないよう縄で縛っている間、付き添ってきたお勝は、大八車が動かないよう梶棒《かじぼう》を押さえていた。

「これで大丈夫でしょう」

縄を結び終えた弥太郎が、積んだ質草を揺すってみたが、ずれ落ちる気遣いはなさそうである。

「じゃ、番頭さん、戻りますぜ」

お勝に代わって梶棒を持った弥太郎が、妓楼の横手に止めていた大八車を通りに引き出すと、根津宮永町の裏通りを根津権現社の方へと向けた。

お勝は大八車の横を歩きながら、荷物に片手を置いて車押しを務める。

あと半刻もすれば、日は本郷の台地に沈むという頃おいだった。

北へ帰っていた雁《かり》が、すぐ近くの不忍池に戻ってくる時節でもあるのだが、今のところ、その鳴き声を耳にしてはいなかった。

根津宮永町を東西に分けている大通りと違い、西側の裏通りは幅も狭い。

狭い裏通りにも妓楼はあるが、大通りほど多くはない。

道を挟んだ西側には、池之端七軒町横町《いけのはたしちけんちょうよこちょう》と妙極院《みょうごくいん》が境を接していたが、その背後は本郷の台地の斜面が立ちはだかっていて、水戸徳川《みとくがわ》家の広大な敷地が本郷《ほんごう》通《どお》りにまで広がっている。

そのせいか、いつも早くから日が翳る裏通りは何やらうら寂しく見える。

弥太郎が曳く大八車が池之端七軒町横町を通り過ぎたとき、妙極院の山門《さんもん》から前後して出てきたふたつの人影に眼を留めたお勝が、ふと足を止めた。

先に山門から出てきたのがお美津だということは、翳っていても見分けがついた。

一瞬、声を掛けようとしたとき、商家の若旦那らしき装《な》りの若い男が、お美津のすぐあとから出てきたのを見て、お勝は咄嗟《とっさ》に妓楼の表の天水桶《てんすいおけ》に身を隠した。

その動きに気づいた弥太郎が大八車を止め、

「番頭さん」

体を捻って後ろを向いた。

「ちょっと、下駄の鼻緒《はなお》がなんだかね」

お勝は誤魔化《ごまか》したが、弥太郎は心配そうに天水桶の傍《そば》にやってきた。

「おれが直しますよ」

「いえね、切れたわけじゃなく、足の指の掛かりがちょっと」

足の指を鼻緒に出し入れしながら、お勝の眼は妙極院の山門に注がれていた。

若旦那風の男が何ごとか声を掛けたらしく、立ち止まったお美津は嬉しげに振り向くと、胸の辺りでそっと片手を振る。

それに応えるように目尻を下げた若い男は、顔の辺りに挙げた手を振ると、不忍池の方へと踵《きびす》を返したが、それらはあっという間の出来事だった。

「さっきより塩梅《あんばい》がよくなったよ」

笑ったお勝が、弥太郎に続いて大八車の方に向かおうとしたとき、薄暗くなった妙極院から出てきた男に気づいた。

竹籠を背負ったその男は、緡売《さしう》りの安造に違いなかった。

安造はお勝が近くにいることなど気づかず、お美津と別れた若い男の去った方だけを見据《みす》えて、足早にそのあとをつけていった。

「番頭さん何か」

梶棒を持った弥太郎から声が掛かると、

「あ、ごめんよ」

お勝は笑みを作って、大八車の横に並んで根津権現社の方へと歩を進めた。


九月は長月《ながつき》とも言われるように、夜が長い。

そのうえ、朝晩は寒さが身に沁《し》みるようにもなる。

月が替わってから二日が経った、九月三日である。

江戸の者が綿入れを着たり足袋を穿《は》いたりするのは、例年、九月の九日過ぎからだった。

客の出入りする質舗『岩木屋』では、先月の半ば過ぎから四角い店番火鉢を板の間に一台置いており、煙管に火を点《つ》ける煙草《たばこ》喫《の》みには重宝がられている。そのうえ、五徳《ごとく》に載った鉄瓶《てつびん》から立ち上る湯気が、店の中に潤《うるお》いのようなものを感じさせてくれるのだ。

番頭のお勝は、帳場格子の机に着いて帳面に記帳をし、手代の慶三は、板の間に置かれた根付《ねつけ》や大黒《だいこく》様の土人形、着物などの質草に紙縒りを結びつけている。

八つ（午後二時頃）を過ぎた、長閑《のどか》な昼下がりである。

いきなり入り口の腰高障子が勢いよく開けられ、外の日を背にしたいくつかの人影が土間に入り込んだ。

「いらっしゃいまし」

声を掛けた慶三の、最後の方の言葉に怯《おび》えが窺えた。

入ってきたのは、家紋《かもん》のついた揃いの長半纏《ながばんてん》を着込んだ筋骨隆々《きんこつりゅうりゅう》とした四人の男どもである。ある者のはだけた半纏から覗《のぞ》いている胸には彫《ほ》り物があり、ある者は腕の彫り物を見せつけるかのように袖《そで》をまくり上げている。

「わたしどもに何かご用でしょうか」

帳場を立ったお勝は、土間近くに膝を揃えると、男たちに丁寧に向かい合った。

「おれらは質入れに来たわけじゃねぇ」

火傷《やけど》で片方の眉毛《まゆげ》を失った男が低い声を発すると、

「これを買ってもらいたい」

片眉のない男の横に立っていた、手首まで彫り物のある男は、その手に摑《つか》んでいた紐の束を三つ、お勝の膝元に放り投げ、

「質屋っていう商売柄、穴明き銭を縛る銭緡《ぜにさし》は大いに助かるだろうが」

と言って、凄《すご》みを利かせた。

装《な》りや銭緡を売りに来たことから、この男どもは火消し役の旗本屋敷で起居《ききょ》する、臥煙《がえん》と呼ばれる火消し人足だろうとお勝は見ていた。

火消しに飛び出す以外用のない臥煙は、酒や博奕《ばくち》で暇《ひま》を潰し、それにも飽きると緡作りに励《はげ》み、民家や商家を問わず押し売りをして回って金を得、世間の嫌われ者になっているとも耳にしている。

「これは、買い求めるわけにはまいりませんね」

お勝は手に取って見ていた緡の束を、手首まで彫り物のある臥煙の前に置く。

「何をぉ」

片眉のない臥煙が声を出し、眉間《みけん》に皺《しわ》を寄せた。

「わたしどもには、前々から出入りしている銭緡作りがおりまして、つい先日も

届けてもらったばかりなんですよ」

お勝は、突っ立った四人の臥煙を見て、笑みを浮かべた。

「おれらのも買えと言ってるんだよっ」

一番背の低い男が、半纏の裾《すそ》をまくり上げて太腿《ふともも》の彫り物を見せて脅《おど》しをかけた。

「そちら様の絹は、糸が毛羽立《けばだ》ったうえに織《お》りも緩《ゆる》く、しかも雑で、よい絹とは言えません。慶三さん、安造さんの絹をここへ」

頭を下げてお勝の言葉に応じた慶三が、帳場格子に下がっていた絹の数本を手にして、お勝に手渡した。

「こっちを触ってごらんなさい。比べ物にならないくらい、手触りが違うんですよ」

そう言って絹を差し出すと、眼を吊り上げた片眉の臥煙が片手を振り上げて、お勝の手に思い切り分厚い手を振り下ろす。

すんでのところでお勝が手を引っ込めたため、片眉の臥煙の手は無様に空を切った。

「おとなしく買えばいいんだよおっ」

「おめぇ、おれらをなんだと思っていやがる」

手首にまで彫り物のある臥煙と背の低い臥煙がそれぞれ声を荒らげると、半纏の裾をまくって框《かまち》に腰を掛け、お勝と慶三に鬼の形相《ぎょうそう》を向けた。

「お前さん方は、遠くからは来るまいから、大方、駿河台《するがだい》か御茶ノ水のお旗本家に抱えられた火消し人足だろうが、それを笠《かさ》に着ての押し売りはどうかと思いますがねぇ」

「何っ」

背の低い臥煙が声を張り上げて腰を上げると、框に腰掛けていたもう一人も弾《はじ》かれたように立ち上がった。

「ごめんくだ――」

戸を開けて入りかけた町家の女房らしき年増女が、中の様子に驚いて言葉を呑み込むと、急ぎ引き返していった。

黙って腰を上げたお勝は、急ぎ土間の下駄を履くと、開いたままになっていた戸障子をさらに大きく引き開け、

「お前さん方に立ち塞《ふさ》がられちゃ、お客が逃げてしまいます。それじゃ、商売の邪魔ですから、どうかお帰りになってくださいまし」

土間に立っている四人の臥煙に鋭い声を向けた。

「大の大人が顔を揃えて来たからにゃ、このままじゃ帰れねぇ」

火傷で片眉を潰した臥煙が声を絞《しぼ》ると、

「ただで帰ったとあっちゃ、世間の笑いものだ。草鞋銭《わらじせん》くらい貰《もら》わないとなぁ」

背の低い臥煙が、半纏の裾を割って太腿の彫り物をさらけ出す。

「草鞋銭に代わるものを差し上げますから、とりあえず表へ」

お勝が、表へ出るよう、片手を戸口の外に向けると、四人の臥煙は戸惑いながらも土間から外へと出た。

あとに続いて表に出たお勝は、

「普段、外に出てお見送りすることはほとんどありませんが、今日は、草鞋銭代わりにここでお見送りさせていただきます」

両手を膝に置くと、丁寧に頭を下げた。

臥煙たちの足先が、どうしたものかというように右へ左へ動くのが、俯《うつむ》いたお勝の眼に映《うつ》っていた。

「お勝さん、何ごとだい」

男の声がしたのを機に顔を上げると、臥煙たちの背後に、根津権現社の方からやってきたと思《おぼ》しき町火消しの男が六、七人、立ち止まっていた。『ごんげん長屋』の住人、岩造《いわぞう》が属している町火消し、九番組『れ』組の見覚えのある火消し人足たちの顔があった。

「喧嘩《けんか》ですか」

『れ』組の誰かから声が上がると、

「町火消しは引っ込んでろ」

片眉の臥煙が牙《きば》を剝《む》いた。

「お勝さん」

『れ』組の梯子持《はしごも》ちの一人、孝三郎《こうざぶろう》が、声を掛けると同時に鳶口《とびぐち》を放ると、お勝は咄嗟にそれを摑み取った。

すると、

「喧嘩しても手加減してやんなよ。足腰立たなくなると、臥煙らも困るだろうからさ」

孝三郎が陽気に声を張り上げると、いつの間にか足を止めていた多くの通行人たちから笑い声が上がった。

「どけっ」

片眉の臥煙が吠《ほ》えるように喚《わめ》くと、肩を怒らせて神主屋敷《かんぬしやしき》の方へと歩き出す。

そのあとに続く臥煙たちが、周りに悪態をつきながらこの場を引き揚《あ》げていくと、立ち止まっていた野次馬《やじうま》も散っていった。

「ありがとう」

孝三郎の前に歩み寄ったお勝は、鳶口を差し出した。

「噂《うわさ》に聞くお勝さんの小太刀《こだち》の腕前を見られると思ったんだがねぇ」

「よしてくださいよ。根津の権現様の前で喧嘩騒ぎをしでかすと、罰《ばち》が当たりますよぉ」

お勝は笑って、片手を左右に打ち振った。

「それじゃ」

孝三郎は声を掛けると、若い衆を引き連れて表通りへと足早に去っていった。

見送ったお勝が店へ戻りかけたとき、

「安造、待て」

突然、茂平の声がした。

するとすぐ、店と棟続きになっている蔵の脇の空き地から、竹籠を背負った安造が店の前に飛び出してきて、お勝の前を駆け抜けていった。

そこへ、追うように現れた茂平が足を止め、大きく肩で息をする。

「茂平さん、どうしたんです」

「さっき、安造が蔵に入ってきて、『岩木屋』には今後、出入りを遠慮しますって言うじゃありませんか」

「なんだって」

茂平が口にしたことに、お勝の声は掠《かす》れた。

「おれはこのまま上駒込村に行って、安造から話を聞いてきます」

そう言うと、もう一度大きく肩で息をした茂平は、安造が去った方に足を向けた。

四

居酒屋『つつ井』の天井から下げられた八方《はっぽう》に明かりが灯《とも》されると、入れ込みの板の間で飲み食いをしていた客たちの顔がはっきりと見えるようになった。

店の明かりを灯すとすぐ、表へ飛び出したお運び女のお筆《ふで》は、戸口の提灯にも火を点けて店の中に戻ってくると、肩を上下させて大きく息を継《つ》いだ。

「日暮れが早くなってるんだから、火を灯すのを忘れちゃいけねぇよぉ、お筆さん」

客の一人から、からかうような声が飛ぶと、

「いつも来る客なら、明かりなんかなくったって辿《たど》り着けると思うがねぇ」

酔っ払いを相手に長年お運び女をしてきた四十半ばのお筆は、客の誹《そし》りぐらいで動じることはない。

「お勝さん、食べ物はすぐに持ってくるからもう少し待っておくれ」

お筆は、板の間で茂平と向かい合っていたお勝に声を掛けると、下駄を鳴らして板場へと飛び込んだ。

「茂平さん、酌《しゃく》をし合うのは面倒だから、勝手にやっておくれよ」

「あぁ、そうするよ」

お勝に返事をした茂平は二合徳利《にごうどっくり》を摑むと、手酌《てじゃく》にした。

出入りを遠慮すると口にして駆け去った安造を追って、住まいのある上駒込村へ向かった茂平が『岩木屋』に戻ってきたのは、店の大戸を下ろそうかという時分だった。

「帰りに、安造の話を聞いてもらえねぇかね」

茂平から声を掛けられたお勝は、『岩木屋』を出たあと、飲み食いのできる『つ

つ井』へと茂平を案内したのである。

茂平を店に入れると、お勝は『ごんげん長屋』に立ち寄って、夕餉の支度をし終えていたお琴に事情を伝え、先に食べるよう言い置いていた。

「どこから話せばいいもんか」

茂平はどう切り出そうか迷った末に、

「とにかく、順序立てて話しますがね」

そう前置きをして、

「安造が言うには、お美津お嬢さんには、どうも、好いた男がいるようだよ」

そう切り出した茂平の話に、お勝は心当たりがあった。

おそらく、先日、根津宮永町裏の妙極院前で、お美津に続いて境内から出てきた若旦那風の男のことだろうが、そのことは口にせず、お勝は黙って聞き流すことにした。

「その男のことを、安造は知ってると言うんだよ」

「ほう」

お勝は声には出さず、口の形で応じた。

茂平が言うには、安造が緡《さし》を置いてもらっている湯島天神下の小間物屋《こまものや》『美鈴《みすず》屋《や》』の、喜八郎《きはちろう》という十九になる後継《あとつ》ぎだった。

「その喜八郎は一年前からお美津お嬢さんとおんなじ師匠の踊りの稽古に通っているようだから、そこで知り合ったらしいね」

「なるほど」

相槌を打ったお勝は、盃《さかずき》に残っていた酒を飲み干した。

「『美鈴屋』に出入りするうちに、安造は喜八郎って後継ぎがどういう男か、いろいろと見聞きしてしまったようなんだよ」

安造が見聞きしたというのは、喜八郎に関する悪い噂だったと茂平は続けた。

好き嫌いが激しく、『美鈴屋』に出入りする職人に対しても横柄《おうへい》な口を利くこともあるという。だが、気に入った女には腰を低くして近づくものの、飽きると掌《てのひら》を返すように離れていく。そんな女癖の悪い喜八郎に泣きを見た女が何人いるか知れないと、『美鈴屋』界隈では密《ひそ》かに語られているのだと、安造は茂平に打ち明けたのだ。

安造は、悪評に包まれた相手と仲のいいお美津を心配して、「お美津さんに近づかないでください」というようなことを喜八郎に訴えたとも告げた。

だが、そんなことに耳を貸すような喜八郎ではなかった。

昨日の昼過ぎに上駒込村の家にやってきたお美津から、駒込富士《こまごめふじ》の境内に呼び出され、

「安造さんあんた、あたしに近づくななんて、どういうつもりで喜八郎さんにそんなこと言ったのよ」

と、安造はいきなり怒声《どせい》を浴びせられたという。

お美津の怒りは凄《すさ》まじく、〈余計な口出しはしないで〉とか〈人の悪口を触れ回る人なんか大嫌い〉などとなじられたあげく、

「あんたなんか、顔も見たくないから、『岩木屋』にも来てもらいたくない」

とまで眼を吊り上げた末に、

「出入りをさせないでとは、あたしの口からお父っつぁんには言えないから、出入りはしないって、あんたから申し出てちょうだいねっ」

お美津は捨て台詞《ぜりふ》を残して帰っていったと、安造はことの顚末《てんまつ》を茂平に語ったのだった。

「お待ちどおさま」

土間から入れ込みに上がってきたお筆が、湯気の立っている炒《い》り豆腐《どうふ》や人参《にんじん》と里芋の煮付け、赤貝とわかめの酢《す》の物《もの》、太刀魚《たちうお》の塩焼きをお勝と茂平の間にてき

ぱきと置くと、愛想《あいそ》の言葉ひとつなく、バタバタと他の客のところへ料理を運んでいった。

「安造さんは、そのことを言いに、先刻、『岩木屋』に来てたってことだね」

「あぁ。けど、旦那に話を持っていく前におれのとこに来たのは、上出来だったよ」

煮物などを小皿に取り分けながら、茂平はぽつりと洩らす。

「というと」

お勝が小声で問いかけた。

「だってさ、旦那が知ると、出入りを続けてもらいたい安造にそのわけを根掘り葉掘り尋ねるってことになるだろう。そうなると、安造も困る。ついには、お美津お嬢さんと喜八郎って若旦那のことに触れなきゃならないことになる。そうなってしまうと、ことは込み入るぜぇ、お勝さん」

「そうだねぇ」

呟いたお勝は、「ん」と小さく唸《うな》ってしまった。

「茂平さんには、このあとの算段はおありかい」

「今のとこはねぇんだが、ただ、次に緡《さし》が入り用になる頃までに、出入りしねぇと言い出した安造の心持ちを鎮《しず》められるかどうかだ」

「だけどそれは、お美津さんの尖った思いをどうやって丸くできるかにかかってるんじゃないのかい」

「そうなんだよ」

そう返答したものの、思いあぐねたように「ふう」と、ため息をつくと、

「どうやったら、尖ったお美津お嬢さんの怒りを収められるか、おれにゃ皆目《かいもく》わからねぇ」

茂平は首を傾《かし》げた。

「この次、安造さんが縮を届ける月半ばまでに、なんとか手立てが見つかればいいんだけどね」

お勝が呟きを洩らすと、茂平はそれに応えるように小さく頷いた。

そしてすぐに、気を取り直そうとでもするように徳利を摑んで、お勝の盃に酒を注ぎ、続いて自分の盃にも注いだ。

注いでもらった盃を口に運びかけて、お勝はふと手を止めた。

お美津と喜八郎との仲を、安造がどうやって知ったのだろうか――そんな思いがお勝の頭を掠めたが、深く考えることなく、酒に口をつけた。

お勝の家に、行灯がひとつ灯されている。

夕餉の後片付けのあと、柿《かき》を剝いて四人で食べたのだが、それは植木職の辰之助からのお裾分《すそわ》けだった。植木の手入れに行った先の庭に生《な》っていた柿を、その家の主が持たせてくれたものを、『ごんげん長屋』の住人に分けてくれた初物だった。

そのあと、菊見の話などで盛り上がったが、眠気を催《もよお》した幸助とお妙のために早々に布団を敷き、二人を寝かせてしまった。

これ幸いと、お勝とお琴は部屋の隅に動かした行灯の傍で、綿入れを縫うことにした。

針仕事には慣れているお琴だが、綿入れを縫うのは年に一度のことだから、慣れているとは言えないが、お勝が口を出せばすぐに要領を思い出すはずだ。

どこからか、茶碗の触れ合う音がしたり、たまに、談笑する男たちの話し声が届いたりする秋の夜である。

「その後、安造さんと顔を合わせたかい」

針を動かしながら、お勝が何気なく問いかけた。

「その後って、この前、ここに寄ったときのこと？」

「そう」

お勝が返事をすると、

「その後は会ってないけど、どうして」

お琴は、幾分訝《いぶか》るように手を止めてお勝を見た。

「それがね、今日、安造さんが、『岩木屋』に出入りするのをやめたいなんて言い出したもんだから」

少し躊躇《ためら》ったが、お勝は努めてさりげない物言いをした。

すると、

「どうして――」

お琴が、掠れた声を洩らす。

「わけは知らないけど、どうも、お美津さんとぶつかったらしくてね」

茂平から聞いた事情を隠してお勝は告げると、

「あ」

低く声を出したお琴が、右手に持っていた縫い針を針山に挿《さ》すと、左手の指先を口に含んだ。

「針を刺したのかい」

咄嗟にお勝が声を掛けたが、お琴は指を口に含んだまま肩を上下させて、苦しげに大きく息を継ぐ。

異様な様子を見て、お勝は急ぎ縫う手を止め、

「お前、何か、胸の中に抱え込んでるものがあるんじゃないのかい」

声を低めて問いかけた。

口に含んでいた手の指を外したお琴は、膝に両手を置くと顔を伏せ、

「安造さんが『岩木屋』さんに出入りできなくしたのは、あたしのせいかもしれないんだ」

か細い声でそう告げた。

「え」

お勝は、思いがけないお琴の言葉に、まともな声を出せなかった。

「あたし、安造さんに、告げ口したの。お美津さんには好いた男の人がいるってこと」

顔を伏せたまま、お琴は、くぐもった声を出した。

好いた男がどこの誰だかは知らないが、お美津の踊りの稽古がある日に、根津

宮永町の妙極院でその男と会っているのを、これまで何度か見たことがあると、お琴は打ち明けた。

初めて見かけたのは、梅雨時《つゆどき》だったという。

『ごんげん長屋』の住人のお富から、棒手振《ぼてふ》りの魚屋が池之端七軒町の方へ行ったばかりだと聞いたお琴は、笊《ざる》を手にして鳥居横町《とりいよこちょう》へと駆け出して小橋を渡り、根津宮永町の裏道へと向かい、妙極院の山門の方へ曲がりかけたところで足を止めた。

そこで、妙極院の山門から前後して出てきたお美津と若い男が、名残惜《なごりお》しげに別れる様子を、妓楼の隣にある飯屋の提灯に隠れていたお琴は見たのだった。

その後も、池之端七軒町に住む幼馴染みの家に行った帰りなどに、お美津と男が妙極院の門前で別れる姿を見かけていたとも続けた。

「そのことを、安造さんに話したってことかい」

お勝が、努めて穏やかな口ぶりで問いかけると、

「違う」

小さく声にして、お琴はかぶりを振った。

「つい半月くらい前、人気《ひとけ》のない境内の暗がりで、お美津さんといつもの男の人

が抱き合って、口と口を合わせているのを見てしまって――そんなことをしたら大変なことになるから、それで安造さんに話したんだよ」

「どうして」

「だってね、女の人が男の人と、口を吸い合うと子供が出来るって、藪入りで帰ってきたおもとちゃんから聞いたばかりだったから。お美津さんに子供が出来たら大ごとになるから、お美津さんには『岩木屋』に出入りしている安造さんの口から用心するよう言ってもらおうと思って――だけど、お美津さんには余計なことだったんだね。あたし、安造さんにはかえって悪いことしてしまったんだわ」

最後は消え入るような声になり、お琴は悔《く》やむように大きく息を吐いた。

すぐ近くの布団で寝ている幸助とお妙から、微かな寝息が聞こえる。

「お前、もしかして」

そこまで言いかけて、お勝はあとの言葉を呑み込んだ。

もしかして、安造のことが好きなのかい――そう聞いてみようかと思ったのだが、思いとどまった。

「もしかしてって、何」

お琴が、上目遣《うわめづか》いでお勝を見た。

「いや、なんでもないんだ。ただ、安造さんのことは、蔵番の茂平さんやわたしたちでなんとか穏便《おんびん》に片付くようにするから、お前は気にすることはないよ」

お勝はお琴に、穏やかな声でそう語りかけた。

それは、決してその場しのぎの慰《なぐさ》めなどではなかった。

お琴は何も言わず、小さく頷いた。

五

板の間に敷いた半紙に載せた一朱と三十文を、三十前と思しき武家の妻女《さいじょ》は急ぎ紙に包んで懐《ふところ》にしまった。

年のわりには色艶《いろつや》のない顔で微かに会釈をすると、まるで逃げるように『岩木屋』の土間から表へと出ていった。

「お気をつけて」

手代の慶三は土間に下りて武家の妻女を見送り、お勝は板の間に手をついて送り出した。

「あのご新造《しんぞ》は、質草を預けに来るたびに痩《や》せ細ってますよ」

そう口にしながら慶三が土間を上がると、腰を上げたお勝は帳場格子に移って膝を揃え、机の上の帳面を開いた。

九月六日の昼下がりである。

「それじゃわたしは蔵に運びますが、茂平さんに何か伝えることはありませんか」

慶三はそう言うと、板の間の隅に置いてあった簪《かんざし》や帯、徳利などが載せられた底の浅い木箱を抱え上げた。

「今のところはないね」

「へい」

お勝に返事をして、慶三は質草の並んだ箱を抱えて暖簾《のれん》の奥へと消えた。

筆に硯箱《すずりばこ》の墨《すみ》をつけて、お勝は帳面に質草の種類と質入れ人の名、日付を記す。

「番頭さん、今いいかい」

背後から吉之助の低い声がした。

「こりゃ、気づきませんで」

お勝は筆を置くと、近くに来ていた吉之助に軽く頭を下げ、

「何か」

体ごと吉之助の方を向いた。

「迂闊《うかつ》なことですまなかったが、お美津と安造さんの悶着《もんちゃく》のことは、今日の昼

前になって、茂平さんから聞かされたんだよ。うちへの出入りを遠慮すると言い出したことをね」

「茂平さんは、そのわけをどういうふうに――？」

「なんでも、お美津と一緒に踊りの稽古をしている男のことを悪《あ》しざまに言ったのが許せないと、安造さんに腹を立てたらしいじゃないか」

吉之助の返答を聞いて、お勝は胸を撫で下ろした。

茂平は、お美津の思い人の喜八郎のことを、ただの踊り仲間として吉之助に話をしていたのである。

「茂平さんは昨日の仕事帰りに上駒込村を訪ねて、出入りをしないと口にしたことは取り消すよう言ってくれたそうなんだが、安造さんは頑《かたく》なに、自分は『岩木屋』に出入りしちゃいけないんですと言うばかりだったらしいよ」

吉之助はそう言うと、小さくため息をついた。

その話は、今朝、店を開ける支度をしているときに、茂平からそっと耳打ちされて、お勝も知っていた。

「そういう頑固さが、安造さんに、手抜きのないいい仕事をさせているかと思うと、なんと言って強張った気持ちを溶かせばいいのか、困ったもんです」

苦笑いを浮かべたお勝は、膝の上に置いた手をこすり合わせた。

「ただいま」

帳場の奥の暖簾が割れて、風呂敷包《ふろしきづつ》みを抱えたお美津が板の間に現れた。

「おもよはいたのかい」

吉之助が尋ねると、

「帰りにおもよ叔母《おば》さんから、海苔《のり》をいただいてきたわ」

お美津はお勝たちの傍に膝をつきながら、抱えていた風呂敷包みを吉之助の前に置いた。

おもよというのは、神田の瀬戸物屋《せともの や》に嫁《とつ》いでいる吉之助の妹の名である。

お美津が母親のおふじに言いつかって、貰い物の栗《くり》を神田のおもよのもとに届けに行ったことは、吉之助から聞かされて知っていた。

「じゃ、あたしは奥に」

お美津が腰を上げた。

「なぁ、お美津」

吉之助が声を掛け、

「安造さんのことで、聞きたいことがあるんだよ」

と続けると、立ち止まったお美津の顔が強張った。

そのとき、荒々しい音をさせて障子戸が外から開けられ、振袖を翻《ひるがえ》すような勢いで、女が飛び込んできた。

「いらっしゃいまし」

お勝が声を発すると、

「ここは、『岩木屋』さんですね」

振袖の女は店の中を見回すと、お美津に眼を留め、

「ひょっとして、あんたがお美津っていう、こちらの娘さん？」

と、挑《いど》むような物言いをした。

「そう、ですけど」

お美津は、振袖の女に見覚えはないようで、戸惑った声で答えた。

「あんた、ここんとこ、『美鈴屋』の喜八郎さんに言い寄ってるようだけど、いったいどういうつもりなのさ」

振袖を着ているものの、娘と言うには薹《とう》が立った、二十を超えたくらいのその女は伝法《でんぽう》な口を利いた。

「あたし何も、言い寄るなんてこと、してません」

あまりのことに怯えたお美津は、声を震わせる。

「わたしはお美津の父親ですが、あなた様はいったいどちら様で」

吉之助が、土間に立つ女の前に膝を進めて問いかけた。

「喜八郎さんとは前々から恋仲の、まさという者ですよ」

「嘘《うそ》っ」

お美津は間髪を容れずに声を発し、

「喜八郎さんは、あたしの他に好いた相手はいないって――！」

今にも泣き出しそうな顔で、まさと名乗った女を睨《にら》みつけた。

「まぁ、そう思いたい気持ちはわかるけれども、おあいにくだったね」

おまさは、斜《しゃ》に構えてそう言うと、薄笑いを浮かべた。

「お二人とも、ここは店先ですからお静かに願います」

お勝は、土間と板の間で対峙《たいじ》するお美津とおまさの間に立つと、

「込み入った話は、どうか奥の方でお続けください」

お美津とおまさを交互に見やった。

「あたしは、喜八郎さんに会って、直《じか》に聞きますっ」

「じゃあ、聞いてもらいましょう！」

おまさは、反発したお美津の声に素早く反応して表へと飛び出すと、戸袋の陰から着流しの男の腕を摑んで現れ、土間に引き入れた。

「喜八郎さん」

お美津の口から、気の抜けたような声が洩れた。

喜八郎という男は、お勝が先日、お美津とともに妙極院の境内から出てきたときに見た若旦那風の男に違いなかった。

「喜八郎さん、表まで聞こえていたかどうか知らないけれど、こちらさんは、あんたには言い寄ってないとお言いだけどねぇ」

「うん、いや、それはきっとあれでよ、ええと」

喜八郎は、おまさの問いかけにしどろもどろになった。

「あんたは、あたしに隠れてこそこそと、女にいい顔をしてたんだろう」

おまさからさらに追い打ちをかけられた喜八郎は、

「何を言うんだいおまさちゃん、あたしはただ、人に頼まれると嫌とは言えない性質《たち》だから、踊りのコツを教えてくれだの、美味《うま》い料理屋はどこだのと言われたら、親身になって教えるわけだ、ね。けどさ、こっちは親切のつもりでも、相手の女にしたら、もしかして惚《ほ》れられてるんじゃと思い込むこともなくはないんだよ。そういう思い違いをされたことは、これまで何度もあるじゃないか。堀留《ほりどめ》のお紗代《さよ》とか、御家人の娘の小波《こなみ》さんとか」

そこまで口にした喜八郎は、おまさに向けていた眼を、いきなりお美津に向け、

「お美津さんがそういうふうに思っていたとは気づきもせず、申し訳なかった。これはもうあたしの不徳のいたすところではあるんだが、これまでのことはなかったこととして、踊りに精進《しょうじん》してください」

と告げると、恭《うやうや》しく腰を折った。

「そういうことでございますから、今後一切、喜八郎さんには近づいてくださいますな」

言うや否《いな》や、おまさは喜八郎の帯を摑んで店の表へと引いていった。

お勝と吉之助は言葉もなく、ただ茫然《ぼうぜん》と見送った。

「蔵の方にまで女の声が届いてましたが、あれは」

暖簾の奥から現れた慶三が、ただならぬ様子を察してあとの声を呑み込んだ。

すると、突っ立っていたお美津はがくりと膝を折り、背中を丸めて板の間に座り込んでしまった。

質舗『岩木屋』の大戸はいつも通り七つ半（午後五時頃）に閉められ、店の中は天井から吊られた八方と、板の間に置かれた行灯の明かりがあるだけである。

板の間に集まっているお勝をはじめ、茂平、弥太郎、要助、慶三を前にした吉之助の顔は、心なしか曇っていた。

「店を閉めたあと、奉公人のみんなには、帳場に集まってくれるよう伝えてもらいたい」

七つ半の店じまいに取り掛かろうとしていたお勝の傍に現れた吉之助がそう告げると、蔵番の茂平や弥太郎たちにもその旨《むね》を伝えてくれと頭を下げたのだ。

「夕方、店先でお美津が悶着を起こして迷惑をかけたことを詫《わ》び、その後のことを皆に伝えておきたいのだよ」

その折、吉之助はそんな腹積もりをお勝に打ち明けた。

お勝は吉之助の申し出を承知すると、帰りが遅くなるということを台所女中のお民《たみ》に託して、『ごんげん長屋』の子供たちには知らせてもらっていた。

店を閉めるとすぐ、帳場に揃ったお勝ら奉公人たちと向き合うかたちで畏《かしこ》まると、吉之助は神妙な面持《おもも》ちで口を開いた。

「幸いお客がいないときではあったものの、商いとは無縁の、娘が関わることで騒ぎを引き起こし、皆に気を使わせてしまい、申し訳なかった。この通りだよ」

詫びの言葉を口にした吉之助は、膝に手を置いて深々と頭《こうべ》を垂れた。

「旦那、わたしらはなんとも思っておりませんから、どうか顔を上げてもらいてぇ」

茂平が口を開くと、

「茂平さんの言う通りです」

弥太郎は声を上げ、慶三と要助は大きく頷いた。

「そう言ってもらえると気が楽になるよ。当のお美津はすっかりしょげ返っていたんだが、しばらくすると落ち着いたようで、自分のことで騒ぎを起こしてしまい申し訳なかった、皆にくれぐれも謝っておいてほしいと、お美津から言伝《ことづて》を頼まれたので、どうか料簡《りょうけん》してやってもらいたい」

吉之助はもう一度頭を下げた。

「それで、お美津さんは」

お勝が気がかりを口にすると、

「あんな騒ぎになって自分に嫌気がさしたのか、しばらく根津を離れたいと言い出してね」

「離れるといいますと」

お勝は身を乗り出した。

「いや、騒ぎを知らないところに行ってしばらく寝泊まりして、気を紛《まぎ》らわしたいと言うもんだからね。それでさっき、おふじに付き添われて神田に行ったよ」

吉之助が経緯《いきさつ》を伝えると、

「あぁ、神田というと、おもよさんのとこですな」

そう口にした茂平は、名案だと思ったのか、大きく頷いた。

「旦那さん、お美津さんからそんな良策が出たのなら、案外早く立ち直るかもしれません。気持ちさえ落ち着いたら気にすることなくお帰りくださいと、みんながそう言っていると、お伝えください」

お勝の申し出を受け、吉之助は奉公人たちに向かって「ありがとう」とまた頭を下げると、

「もうひとつの気がかりは、安造さんのことなんだよ」

気遣わしげな眼をお勝と茂平に向けた。

銭緡売《ぜにさしう》りの安造は、喜八郎を謗《そし》ったことでお美津の怒りを買い、

「あんたなんか、顔も見たくないから、『岩木屋』にも来てもらいたくない」

との言葉を真《ま》に受けて、『岩木屋』への出入りを遠慮すると、茂平に伝えていたのである。

「茂平さんが宥《なだ》めに行ったにもかかわらず、依然《いぜん》として頑なだそうだ。それでこの際、茂平さんと一緒にわたしも上駒込村に出向いて、安造さんに会ってみようかと思うんだよ」

「それはいいかもしれません」

お勝はすぐに声に出した。

すると、

「安造さんのことは、実はお美津も気にしているんだよ。しばらく神田に行くと決めたとき、安造さんが元通り出入りしてくれるよう、お父っつぁん、なんとかしておくれと言い残して出たくらいでね」

そう打ち明けた吉之助は、縋《すが》るような眼差しをお勝と茂平に向けた。

「旦那がそれを言っておやんなすったら、安造の気持ちは大分ほぐれると思いますぜ」

茂平の答えに、強張っていた吉之助の顔がほんの少し緩んだように、お勝の眼には映った。

すっかり日の暮れた根津権現門前町の表通りに、行《ゆ》き交《か》う人の下駄の音が響き渡っている。

戸を閉めた商家もあるが、岡場所を抱えている根津は日暮れてからも大いに賑わう。

そんな通りを、湯桶《ゆおけ》を抱えたお勝とお琴がのんびりと歩いていた。

『岩木屋』の主、吉之助から奉公人たちに、騒ぎを引き起こしたお美津のことで詫びが述べられたため、お勝は四半刻ばかり帰りが遅くなってしまった。

一人で夕餉を摂ったあと、子供たちみんなで片付けを済ませたのが、ほどなく六つ半（午後七時頃）という頃おいだった。

幸助とお妙は、日のあるうちに湯屋に行ったのだが、夕餉の支度に追われたお琴は行きそびれたと言うので、お勝がお琴を誘って『たから湯』に行ったその帰り道である。

久しぶりに一緒に湯屋に行ったお勝は、先刻から、横を歩くお琴についつい眼を向けていた。

「なによ」

お琴から訝《いぶか》るような眼を向けられたお勝は、

「ううん」

慌《あわ》てて誤魔化した。

湯に濡れたうなじの後《おく》れ毛《げ》といい、以前より膨《ふく》らみを増した乳房といい、子供だと思っていたお琴の体つきが、いつの間にか娘らしくなっていたことに、この夜、気づいたのだ。

ふた月前に、お琴は女の印である月のものを見た。

子供たちは、確実に成長している。

「お前、誰か、好きだというような相手はいるのかい」

お勝がさりげなく問いかけると、

「いないよ」

お琴は即答した。

「安造さんはどうなんだい」

少し踏み込んで尋ねると、

「ふふふ。安造さんは、ただの、兄さんみたいな人だよ」

お琴はあっけらかんとした物言いをしたが、本心はわからない。

「ね」

思わず口にしたものの、お勝はあとの言葉を呑み込んだ。

「なに」

お琴が、お勝の方に顔を向ける。

「いや、いい」

お勝は笑って手を左右に打ち振ったが、

「なんなのさ」

お琴は食いついてきた。

「言おうと思ったことを、忘れてしまったんだよ」

明るく答えたお勝は、ははは と笑って誤魔化すと、少し足を速めた。

言おうとしたことを忘れたわけではなかった。

『男と女が、口と口を合わせて吸い合うだけで子供が出来ることはないんだよ』

お勝は、そう言ってやろうかと思ったのだが、やめた。

どうせ、そのうち知ることになるのだから。

第二話　男の身上《しんじょう》

一

風が何かにぶつかる音なのか、どぶ板を踏むような音を聞いたような気がして、お勝は寝床で眼を開けた。

隣で寝ている幸助とその隣のお妙を、お勝と挟むように端の方で寝ているお琴もぐっすりと眠っており、寝息は低い。

少し体を起こして戸口を見ると、路地に面した腰高障子《こしだかしょうじ》にはうっすらと月明かりが射《さ》しているが、刻限の見当はつかない。

今は九月十日の夜のはずだが、もしかすると、すでに日を跨《また》いで九月十一日になっているのかもしれない。

体を起こしていたお勝は、頭をゆっくりと枕に置く。

上掛《うわが》けの搔巻《かいまき》を首元まで引き上げたとき、

「なんだぁ、あんたはぁ！」

戸口の外から、時ならぬ女の怒鳴り声が響き渡った。

弾《はじ》かれたように体を起こしたお勝の耳に、戸口の外から足音や人の声が微《かす》かに届く。

お勝は、子供たちを起こさないように布団を出ると上《うわ》っ張《ぱ》りを羽織《はお》り、開けた戸口の隙間《すきま》から路地を覗《のぞ》いた。

すると、向かいのお六の家の前に、沢木栄五郎と藤七が連れ立って近づき、続いて、お六の隣家の住人、与之吉《よのきち》とお志麻《しま》夫婦、お勝のふたつ隣の岩造とお富夫婦までもが集まったのを見て、お勝も路地に出た。

「声は、お六さんでしたよね」

低い声でお志麻に尋ねられたお勝は、

「お六さん」

閉まっている戸に向かって密《ひそ》やかに声を掛けた。

その途端、いきなり戸を開けた寝巻姿のお六が、転がるようにして路地に出てきて、

「いびきで眼が覚めたら、横に男が寝てたっ」

腕を伸ばして家の中に指をさした。

「お六さん、明かりを点《つ》けますよ」

低い声を発して栄五郎が家の中に入ると、藤七もそのあとに続く。

暗がりの中で燧石《ひうちいし》を打つ音がしてほどなく、行灯《あんどん》に明かりが灯《とも》ると、お六に続いて、お勝、お富が土間に入った。

「おれは大家さんに知らせてくる」

与之吉がその場を離れていくと、戸口の外には岩造とお志麻が残った。

「知ってる顔かい」

藤七が、お六が寝ていたと思《おぼ》しき布団のすぐ脇で仰向《あおむ》けになって寝入っている男を指さしたが、

「知りませんよぉ」

お六は慌《あわ》ててかぶりを振った。

「酒臭《さけくさ》いね」

栄五郎は、半纏《はんてん》を着込んで腕枕で寝ている、年の頃五十半ばと思しき髭面《ひげづら》の男の顔を覗き込むと、そう呟《つぶや》く。

「どう見ても、心当たりはないんだけどねぇ」

お六は、一、二度、軽く首を捻《ひね》る。

「お六さんの昔の男ってことはねえのかい」

「こんなむさい男なんか知りますか」

お六は、戸口から尋ねた岩造を軽く睨《にら》みつけた。

「伝兵衛さんですよ」

外からお志麻の声がすると、お勝とお富、それに栄五郎と藤七は外に出て、丹《たん》前《ぜん》を羽織っていた大家の伝兵衛を土間に入れた。

「この様子から、押し込みに入ったようには見えないねぇ」

「そりゃそうですがね大家さん、こんな人に脇で寝られたら、あたしが寝られやしませんよぉ」

お六は、伝兵衛に不満を洩《も》らした。

「わかりました。こういう不審な人物は自身番《じしんばん》に連れていくしかありませんな」

そう言うと、伝兵衛は大きく頷《うなず》いた。

各所にある自身番には、町役人《ちょうやくにん》か町に雇われた者が昼夜にかかわらず、交代で詰めている。

「この男は、わたしが担《かつ》いでいきますよ」

栄五郎が買って出ると、

「じゃ、おれと先生で両脇を担いでいきますか」

「与之吉さん、あんたは朝から貸本《かしほん》担いで歩き回らなきゃならねぇんだから、その役はおれが務《つと》めるよ」

岩造が気を利《き》かせると、

「お前さんよく言った。火事のないときは働き場のない火消しだから、こんなときくらい役に立たないとね」

女房のお富が、岩造の背中をどんと叩いた。

「伝兵衛さん、自身番にはわたしもお供しますよ」

お勝が申し出ると、

「そりゃ、すまないね」

伝兵衛は小さく頭を下げた。


米研《こめと》ぎや青物洗《あおものあら》いなどの朝餉《あさげ》の支度に勤《いそ》しむ者、顔を洗ったり歯磨きをしたりする者たちで、明るみの増した『ごんげん長屋』の井戸端《いどばた》は賑《にぎ》わっている。

お六の家に不審者が寝ていた騒ぎのあった翌朝である。

あと四半刻《しはんとき》（約三十分）もすれば、日の出という頃おいだった。

「へぇ、ゆんべ、そんなことがありましたか」

声を出したのは、左官《さかん》の庄次《しょうじ》だった。

朝餉の支度をしていたお勝やお富から、辰之助とお啓夫婦、彦次郎や治兵衛が、昨夜の一件について話を聞き出していたところに、仕事に出掛けようと通りかかったのである。

「それでお六さん、今朝はどうしたんだい？」

お啓が心配そうに問いかけると、

「眠い眠いと言いながらも、暗いうちに大根河岸に出掛けていったよ」

お勝は笑みを浮かべて答え、

「あの人は、ちょっとやそっとのことじゃめげないから、感心するね」

とも続けた。

「そういや、与之吉さんもお志麻さんも、起き出した気配がなかったのは、ゆんべ眠れなかったせいだな」

与之吉夫婦の隣に住む庄次が、一人合点《がてん》して頷く。

「それで、お六さんの家に忍び込んだのは何者だったんですか」

深刻な面持《おもも》ちの治兵衛が声を出すと、

「お勝さんたちの話を聞いてると、お六さんに会いに忍んできたというような、色っぽい話じゃなさそうだがねぇ」

そう口にしたのは、井戸端にある物干し場の空《あ》き樽《だる》に腰掛けて煙草《たばこ》を喫《の》んでいた彦次郎だった。

「いやぁ、青物を売り歩くお六さんに岡惚《おかぼ》れしたという独り者がいてもおかしくはないでしょうよ」

治兵衛がやんわりと口を挟むと、

「なるほど、年の行った男の独り者には、お六さんのようによく動く人は逞《たくま》しくて頼りがいがあるのかもしれないねぇ」

お富が、感心したような声をしみじみと洩らした。

「で、その男を自身番に連れていったあとは、いったい、どういうことになったんだね」

房楊枝《ふさようじ》を使いながら、辰之助が誰にともなく問いかけた。

「わたしと沢木先生、それに岩造さんは、伝兵衛さん一人を自身番に残して引き揚《あ》げてきたから、そのあとのことはわからないんだよ」

お勝が返答すると、

「伝兵衛さんの家は、今朝は物音ひとつしなかったから、昨夜は自身番に泊まったんじゃないのかねぇ」

「自身番から、何も一里（約四キロ）も二里（約八キロ）も離れてるわけじゃあるまいし、たった二町（約二百二十メートル）だもの、寝るなら帰って寝るはずだよ」

お啓が、治兵衛の推測に異を唱《とな》えた。

「おれは急ぐから、話の続きは今夜聞かせてもらいたいもんだね、お勝さん」

道具袋を肩に掛けた庄次が、表通りに駆け出してすぐ、

「あ。大家さんが、帰ってきたぜぇ」

と声を上げた。

井戸端の一同が、表通りへと延びる小路《こうじ》に眼を向けると、両肩を落とし、重い足を引きずるようにして伝兵衛が現れた。

「伝兵衛さん」

お勝が声を掛けると、伝兵衛は足を止めて一同を見回すなり、「はぁ」と大きく息を吐く。

「お疲れのようだね」

お啓にねぎらいの声を掛けられた伝兵衛は、

「いやぁ。昨夜の騒ぎがいつ起きたのか、刻限もわからずに自身番に行ったら、詰めていた若い衆が、ほどなく八つ（午前二時頃）だと教えてくれたんだがね」

間延びしたような声で語り始めた。

自身番に詰めていた若い衆の一人が目明かしの作造《さくぞう》を呼びに出るとすぐ、伝兵衛は、お六の家で寝ていた酔っ払いを抱えてきてくれた栄五郎と岩造の二人とお勝を『ごんげん長屋』に帰したのだという。

伝兵衛が自身番でうつらうつらしていると、下っ引きを連れた目明かしの作造が現れ、物音に気づいた酔っ払いも折よく目覚めて、作造の調べが始まった。

伝兵衛は眠るわけにもいかず、眠い眼をこすりながら、調べに返答する酔っ払いの声に耳を傾《かたむ》け続けた。

「それによると、今年五十二になるその酔っ払いは、三十年ほど前、いっとき『ごんげん長屋』に住んでいたと言うんだよ」

伝兵衛はそう話すと、その場の住人たちを見て、神妙な顔で頷いた。

「ここに三十年も住み続けてる人っていうと——彦次郎さんが二十年で一番の古《ふる》

手《て》になりますね」

お勝が呟くと、

「三十年前というと、わたしが大家になるかなり前ですからね」

伝兵衛は首を捻った。

「それで、その酔っ払いはなんて言ってるんですよ」

お啓が問いかけると、他の住人たちの眼が伝兵衛に向いた。

「今は江戸を離れて、川越《かわごえ》に住んで川船の船頭をしているそうですよ。たまに江戸まで荷を運ぶこともあったそうだが、荷を下ろしたらすぐに引き返していたらしい」

ところが、川越から江戸まで船で芋《いも》を運んだ酔っ払いは、急いで引き返さなくてもよくなった昨日、江戸に住む昔馴染《むかしなじ》みと久しぶりに会ったと打ち明けた。

昔馴染みとは、浅草《あさくさ》の山谷堀《さんやぼり》近くの居酒屋で飲んだのだが、かなりの量を飲んだようで、そこにずっといたのか他に回って飲んだのかも、飲んだ相手といつ別れたのかもまったく覚えがないと白状した酔っ払いは、目覚めて初めて根津の自身番にいることを知ったという。

「だから、『ごんげん長屋』に足を向けたことも、お六さんの家に上がり込んだことも、頭からすっぽりと抜け落ちてるんだよ」

「しかし、そんなことがあるのかねぇ」

辰之助が、伝兵衛の話に首を傾《かし》げると、

「十八五文《とおはちごもん》の鶴太郎《つるたろう》さんとか左官の庄次さんなんか、酔っ払って何度かどぶ板を踏み外したことがあったじゃありませんか」

顔をしかめたお富が、囁《ささや》くように口にした。

「自分が『ごんげん長屋』に行って、お六さんの家の中で寝てたと知ったその男は、この足が、三十年も昔の塒《ねぐら》を覚えていたんだなぁって、なんだか侘《わび》しそうな口ぶりをしてましたよ」

伝兵衛の口からそんな話が飛び出すと、お勝は思わずお六の家の方に眼を向けた。

「あそこのお六さんの家は、以前から曰《いわ》くがあったんだよね。ほら、なかなか借り手がつかなかったり、人が入ってもあっという間に出ていったりしてさぁ」

「それで、あの家は祟《たた》られてるんじゃないかとかね」

お啓が、お富の尻馬に乗って声を低めた。

「お啓、よせよ」

辰之助が女房を窘《たしな》めると、

「いや、だからさぁ。その酔っ払いが『ごんげん長屋』に足を向けたうえに、おう六さんの家に上がり込んだのも、この家に祟ってる何かに引き寄せられたからじゃないかとさぁ」

「そんな話、聞きたくありませんよ」

お啓の話を鋭い声で遮《さえぎ》った伝兵衛は、すぐに弱々しく「はぁ」と息を吐いた。

「伝兵衛さん、朝餉はどうするつもりです」

お勝が問うと、

「今はそんなことより、寝ます」

そう返事をすると、伝兵衛は生欠伸《なまあくび》を嚙《か》み殺しながら、自分の家の方へと足を向けた。

二

朝方降り出した雨は、夕刻になっても止《や》む気配はなかった。

強い降りではなかったが、シトシトと気の滅入《めい》るような降り方が続いており、根津権現門前町一帯はいつもの刻限より、かなり暗い。

質舗『岩木屋』での仕事を終えたお勝は、表通りのぬかるみに気をつけながら歩いて、『ごんげん長屋』の小路へと入り、開いていた傘《かさ》を少しすぼめる。広げたままだと、小路の両側にある家の壁に傘が当たる恐れがあった。

お六の家に酔っ払いが上がり込んだ騒ぎのあった翌日である。

井戸端を通り過ぎたお勝は、井戸に一番近い辰之助の家の表に、開いた傘を差した人が何人か立っているのに気づいた。

「何ごとですか」

お勝が声を掛けると、傘を動かしたお六とお富、それに与之吉とお志麻夫婦、鶴太郎がお勝に顔を晒《さら》した。

貸本を担いで町を歩くのが商売の与之吉も十八五文《とおはちごもん》売りの鶴太郎も、この雨では外歩きをやめていたのかもしれない。

「辰之助さん夫婦の言い合いの成り行きを見守ってるんですがね」

小声でそう言うと、与之吉は真顔で頷いた。

「止めに入らないのかい」

誰にともなくお勝が呟くと、

「中で伝兵衛さんが収めようとしてるんだが、いやぁ、夫婦喧嘩《ふうふげんか》は見ると面白いもんだよ」

そう言って笑みを浮かべた鶴太郎が、戸口の中を顎《あご》で指し示した。

立っているお六とお富の隙間からお勝が辰之助の家を覗くと、土間の框《かまち》に腰掛けた伝兵衛が、背を向け合っている辰之助とお啓の方を窺《うかが》っている様が眼に飛び込んだ。

その途端、

「そこがあんたの意気地《いくじ》のなさなんだよ」

お啓の口から、非難じみた声が辰之助に向けられた。

「意気地とかなんとかじゃねぇだろう」

そう言い返したものの、辰之助の声には迫力が欠けている。

「意気地なんだよぉ。踏ん切りなんだよ。恐れてばっかりで、思い切る漢気《おとこぎ》ってもんがないんだよあんたにはぁ！」

お啓が言い連《つら》ねると、

「まぁまぁまあまあ」

框に腰掛けた伝兵衛が、辰之助夫婦に向かって両手を伸ばし、『静まれ』とでも言うように、掌《てのひら》を何度も上下させる。

「大家さん、止めないでっ」

お啓は、眼を吊り上げて伝兵衛を睨みつけた。

「お啓さん、どうしたんですよぉ」

戸口に近づいたお勝は、穏やかに問いかけた。

「それがさ、以前も話した気がするけども、植木屋の親方から独り立ちを勧められたっていうのに、この男はまたしても煮え切らない返事をしたんですよぉ！」

お啓は身をよじると、俯《うつむ》きがちになっている辰之助を睨みつけた。

たった今お啓が口にしたことを、お勝は以前も聞いた覚えがあった。

仕事を貰《もら》っている植木屋の親方から、自分の看板を掲《かか》げるよう勧められたにもかかわらず、不安と恐れが先に立って独り立ちに自信の持てない辰之助は、いまだに親方の下から飛び出していなかったのだ。

「男なら、ここぞってときは思い切らなくてどうするんだよ」

「お啓さんの言う通りだよ辰之助さん。自分の看板を背負って立つぐらいの気概を持たなくちゃ」

鶴太郎がお啓の肩を持った。

すると、

「親方が勧めてくれてるなんて、ありがたいことじゃありませんか辰之助さん。そこで思い切らなくてどうするんですか。そこで思い切れないなんて、おれに言わせれば、弱腰すぎますよ」

物言いは柔らかいものの、与之吉の言葉の端々《はしばし》からは、焦《じ》れてでもいるような心根が滲《にじ》み出ている。

「雨や雪や風の強い日なんか、行李《こうり》いっぱいの本を背負って歩くのは骨が折れるもんですよ。そんなときはしみじみ、裏店《うらだな》を出て、小さくてもいいから表通りに店のひとつもあればなぁなんて思うんだ。店でも持てればっていうのが、おれら担《かつ》ぎ商《あきな》いの願いなんですよ。けどさ、おれらの商売にゃ、店でも持てと言ってくれる親方もいねえし、後《うし》ろ盾《だて》もない。それなのに、辰之助さんは親方の勧めを棒に振ろうとしていなさる。それは、あまりにも贅沢《ぜいたく》ですよ」

努めて声を抑《おさ》えた最後の言葉に、与之吉の心情が込められていたように、お勝は感じ取っていた。

「与之吉さん、よく言ってくれたよ。ありがとう」

お啓が頭を下げると、

「いや何もおれは、一刻も早く『ごんげん長屋』を出たいと言ってるわけじゃないんだよ、伝兵衛さん」

与之吉は、慌てて片手を左右に打ち振った。

「与之吉さんわかるよ。できれば雨露《あめつゆ》を凌《しの》いで商売のできる自分の店を、いつかは持ちたいもんだよ」

鶴太郎まで珍しく殊勝《しゅしょう》な物言いをした。

「皆さんどうも、お騒がせして申し訳ない。おれも、ゆっくり考えてみますんで、今日のところはどうかお引き取りを」

丁寧《ていねい》な物言いをして、辰之助が頭《こうべ》を垂れると、

「さてと」

声を出して框から腰を上げた伝兵衛が、ふらりとよろけて腰を落とし、板の間に上体を投げ出すようにして倒れ込んだ。


大家の伝兵衛の住まいは、『ごんげん長屋』の九尺三間の棟割《むねわり》長屋と向き合うような場所にある。

料理屋『喜多村《きたむら》』の隠居であり『ごんげん長屋』の地主兼家主の惣右衛門《そうえもん》が建てた平屋の家が、大家の伝兵衛の住居となっている。

外はすっかり日が暮れており、刻限はほどなく五つ（午後八時頃）という時分である。

出入り口の三和土《たたき》を上がった先にある六畳の居間に置かれた長火鉢《ながひばち》の五徳《ごとく》には、ゆらゆらと湯気を立ち上らせている鉄瓶《てつびん》が掛けられており、その傍《かたわ》らで、お勝、お啓、お富が茶を啜《すす》っていた。

その居間の隣にある明かりのない部屋が寝間になっていて、こんこんと眠る伝兵衛が布団に横になっている。

辰之助の家の土間でふらついた伝兵衛を、その場にいた鶴太郎と与之吉に加え、呼びかけに応じた栄五郎と岩造ら四人が家に運び込んでから一刻（約二時間）ほどが経《た》った頃おいである。

朝から降り続いていた雨は、伝兵衛を家に運び入れると、その後すぐに止んだ。

「起きないけど、息をしてるんだろうね」

お富が、半分ほど開いた襖《ふすま》の向こうの寝間を見て囁きを洩らした。

「まさか」

思わず口にしたお勝が、急ぎ寝間に入り込むと、お富とお啓も這《は》うようにして近寄ってきた。

「息は」

低く呟いたお啓が、暗がりで眠っている伝兵衛の顔に耳を近づけた。

お勝とお富もすかさず耳を澄《す》ます。

少し開かれた伝兵衛の口から、微かに、規則正しい息遣《いきづか》いがしている。

「生きてる」

お勝が呟くとお啓は大きく頷き、お富は、手つかずの料理や伏せられた茶碗の載せられたお盆を、伝兵衛の枕元から少し離した。

「結局、食べなかったようだから、これは下げておくよ」

「そうだね」

お勝は、お富の言葉に応じてお盆を持つと、三人はまた居間の長火鉢の傍《そば》に戻って膝《ひざ》を揃《そろ》えた。

「ここに運び込んだあと、食べるかと聞いたときは、伝兵衛さん、うんと言ったんだけどさ、あーんて口を開けた途端、コトリと眠ってしまってね」

お啓はそう言うと、お勝が猫板《ねこいた》に置いたお盆をちらりと見て、

「よほど疲れていたんだねぇ」

と呟いた。

「うん、そうなんだよ。熱があれば心配だけど、今のとこ、そんな様子はないからね」

お勝は、「疲れている」というお啓の推測は当たっているように思えた。

「夕餉の分は下げるとして、夜中、腹を空かせて眼を覚ますかもしれないから、握り飯をこさえて枕元に置いておこうか」

お富が気を利かせると、

「そうだね。そしたら、喉《のど》も渇くだろうから、茶も一緒に置いておけばいいね」

お啓はそれに応じて膝を立てると、鉄瓶の持ち手を袖《そで》で摑《つか》み、火鉢の縁《ふち》に置いていた土瓶《どびん》の蓋《ふた》を取って、湯を注ぎ入れる。

そのとき、戸口の戸の開く音がして、

「上がるよ」

口にしながら居間に入ってきた藤七が、

「伝兵衛さん、どんな塩梅《あんばい》だね」

そう問いかけて胡坐《あぐら》をかいた。

「夕餉を口にしなかったから、夜中目覚めたときにでもって、お富さんたちが握り飯と茶の用意を」

段取りを告げたお勝は、さらに、

「今夜はみんな引き揚げますけど、朝暗いうちに出掛けるお六さんが、朝一番に伝兵衛さんの様子を見てから青物河岸に行くと言ってくれてまして」

「そりゃ、心丈夫《こころじょうぶ》だぁ」

藤七は、お勝の言葉に笑顔で応《こた》えた。

ゴーンと、遠くから鐘《かね》の音が届いた。

方角から、上野東叡山《うえのとうえいざん》の時《とき》の鐘《かね》である。

長く響いたひとつ目の鐘の音のあと、短くゴン、ゴンとふたつ、合わせて三つの捨て鐘《すてがね》が打たれると、

「五つ（午後八時頃）になったし、片付けて引き揚げましょうか」

声を発したお勝が腰を上げると、お富とお啓もそれに倣《なら》い、火鉢の火の始末や使った湯呑《ゆのみ》や土瓶などの片付けにと、銘々《めいめい》がてきぱきと動き回った。

板の間に膝を揃えた主《あるじ》の吉之助が、日の射している表へ出ていく紋付《もんつき》の羽織《はおり》を着た老《お》いた侍の背に、

「たしかにお預かりさせていただきます」

そう声を掛けるとすぐ、両手をついて頭を下げた。

帳場格子《ちようばごうし》の机に着いていたお勝も、吉之助に続いて頭を下げると、戸は外から静かに閉められた。

「では、掛け軸三点は、こちらに」

断りを入れた手代の慶三が、吉之助の膝元に置かれていた掛け軸の収まった三つの桐《きり》の箱を両手に抱えて、板の間の奥に場所を移した。

「番頭さん、紙縒《こよ》りは」

「ここに」

お勝は、帳場机近くに膝を進めた吉之助に返答するや否《いな》や、机の上に置いていた紙縒りを三つ差し出す。

「貰っていくよ」

吉之助は、質入れをした人の名と日付を記した紙縒りを持って桐の箱の傍に行き、慶三と手分けして、箱に巻かれた真田紐《さなだひも》に紙縒りを結びつけ始めた。

「秋の長雨って言うから心配してたが、昨日の雨は一日で止んでよかったよ」

「へぇ。雨が続くと洗濯もんが溜《た》まってしまいますから大ごとですよ」

慶三が吉之助の言葉に応じた。

「慶三さんは自分の分だけだろうが、うちは子供が三人だからもっと大ごとだよぉ」

お勝が笑ってぼやきを口にすると、

「そうでしたね」

『迂闊《うかつ》だった』とでも言うように小さく笑った慶三は、頭に手をやった。

「でもまぁ、三人のうち二人は娘だから、いい働き手になってわたしは助かってるけどさ」

そう言って、ふふと声を出して笑ったお勝は、帳面を広げて算盤《そろばん》の玉を揃えた。

八つ（午後二時頃）の鐘が鳴り終わったばかりという昼下がりである。

『ごんげん長屋』の大家の伝兵衛が、ふらりと倒れて床に就《つ》いたのは昨日の夕刻だった。

今朝の井戸端は、伝兵衛の話で持ちきりだった。

いつも暗いうちに長屋を出ていく青物売りのお六が、出がけに伝兵衛の様子を見たようで、

「大家さんは眠っていたけど、盆にある小皿は空になっていたし、湯呑の茶も減っていた」

と、早起きをしていた藤七と彦次郎に知らせてから仕事に出掛けていったと、お勝は今朝の井戸端で耳にしていた。

出入り口の戸の開く音に気づいて、お勝が算盤を弾く手を止めて顔を上げると、

「いらっしゃいまし」

慶三の声がしてすぐ、

「こりゃ、『喜多村』のご隠居さん、お珍しい」

吉之助から親しげな声が飛んだ。

土間に入ってきたのは、『ごんげん長屋』の家主であり、谷中善光寺前町《やなかぜんこうじまえまち》の料理屋『喜多村』の隠居である、惣右衛門だった。

「今日は、何ごとですか」

吉之助が土間近くに膝を揃えて尋ねると、

「権現様にお参りに来たら、お勝さんに知らせることがあるのを思い出したものだからね」

惣右衛門は、帳場を立って近づいたお勝に苦笑いを浮かべた顔を向けた。

「それじゃ、番頭さんにはご隠居さんの相手をお願いして、わたしは奥に茶を頼んできますよ」

吉之助が腰を上げると、

「わたしは蔵へ行ってきます」

三つの桐の箱を抱えた慶三は、吉之助に続いて暖簾《のれん》を潜《くぐ》り、奥へと消えた。

「どうか、お掛けになって」

お勝が勧めると、惣右衛門は羽織の裾《すそ》を少しまくって、框に腰を掛けた。

「いや、知らせることといっても、大したことじゃないんだよ」

そう前置きをした惣右衛門は、

「昨日の昼前、建部《たてべ》家のご用人《ようにん》、崎山喜左衛門《さきやまきざえもん》様が突然『喜多村』にお見えになったんだよ。なんでも、お家の用で上野東叡山の慈眼堂《じげんどう》に来たので顔を出したということだったんだが、今日はゆっくりする間もないので、近々お勝さんに会いに伺《うかが》いたいと、わたしが代わりに都合を聞いて、その返事を知らせてもらいたいと、崎山様にそう頼まれていたんだよ」

言い終わると、惣右衛門は笑顔で小さく頷いた。

「日中はこちらの帳場に詰めていることをご承知のうえなら、わたしは一向に構いませんが」

お勝が丁寧に返事をすると、

「崎山様には、そう伝えておくよ」

惣右衛門は穏やかな顔で頷く。

崎山喜左衛門が用人を務める建部家は、当主の左京亮《さきょうのすけ》が書院番頭《しょいんばんがしら》を務める二千四百石取りの旗本である。

お勝は十六のとき、父の知り合いの口利《くちき》きで、牛込御門《うしごめごもん》内にある建部家の屋敷に女中奉公に上がったことがあった。そして、十九になった年に、当主の左京亮の手がついて身籠《みご》もり、翌年、建部家の後嗣《こうし》となる男児、市之助《いちのすけ》を産んだ。

だが、お勝の身分出自《みぶんしゅつじ》に異を唱えた左京亮の正室によって母子は引き離され、お勝は乳飲み子の市之助を建部家に奪われた末に、屋敷から追放されるという苦汁《じゅう》を嘗《な》めさせられたのである。

以来、建部家とは絶縁状態にあったが、お勝への処遇に関して、密かに同情を示していた崎山喜左衛門が、昨年突然、お勝の前に現れたのだ。

そのとき、喜左衛門は二十年ほど前の、お勝に対する建部家の非道を詫《わ》びた。さらに、正室も時が経つにつれて当時のことを悔《く》いる言葉を洩らしているとも聞かされた。

しかも、お勝は、乳飲み子だった市之助は成人して源六郎《げんろくろう》と改名したことも知らされていた。

年が改まった今年の正月には、源六郎がこともあろうに、お勝の幼馴染《おさなじ》みである近藤沙月《こんどうさつき》の婿《むこ》が道場主となった近藤道場に門人《もんじん》として通っていることを聞かされて、密かに見に行ったことがある。

二十になった源六郎と偶然顔を合わせ、ぎこちないやりとりをしたものの、名を告げることはなかった。お勝としては、今後も、母子の名乗りをするつもりなど微塵《みじん》もなかった。

「お待たせをしまして」

帳場の暖簾を手で割った吉之助が、お盆に湯呑を載せた女中のお民を先に通して、土間近くに膝を揃えた。

三つの湯呑を置いたお民は、「ごゆっくり」と声を残して奥へと引き返していく。

「ご隠居さん、『ごんげん長屋』に立ち寄られましたか」

「いや。まっすぐ天眼寺《てんげんじ》の下から三浦坂《みうらざか》の方を回って来たからね」

惣右衛門がお勝にそう答えると、

「それじゃ、大家さんが昨日から寝込んでるのは、ご隠居さんはご存じじゃありませんね」

吉之助が口を挟むと、

「伝兵衛がかい」

惣右衛門は初耳らしく、眼を丸くした。

「病《やまい》というわけじゃないようですが、年も年ですから、長屋のみんなも心配しましてねぇ」

「じゃあ、これから寄ってみるよ」

茶を飲む間も惜しい様子でお勝に告げると、惣右衛門は腰を上げた。

「帳場はわたしが見てるから、番頭さんもご隠居さんについて長屋に行ってみたらどうですか」

吉之助からお勝に、そんな声が掛かった。

三

根津権現門前町の表通りに、西に傾いた秋の日が射し込んでいる。

通りは、朝夕に見られる慌ただしさはなく、昼下がりの長閑《のどか》さに包まれていた。

あと一刻半（約三時間）もすれば、仕事終わりを控えたお店者《たなもの》が足早に行き交《か》うに違いない。

七つ半（午後五時頃）という時分になれば、大工や左官など出職《でしょく》の連中が家路に就いたり居酒屋を探し回ったりして大いに賑わうのが、日暮れ時の根津権現門前町のいつもの光景であった。

『岩木屋』の主、吉之助に同行を促《うなが》されたお勝は、惣右衛門と並んで『ごんげん長屋』へと足を向けていた。

表通りにある小間物屋の前で先に立ったお勝は、『ごんげん長屋』へ通じる狭い小路を先導する。

井戸端で左に折れたお勝は、

「縁側にみんなが集まってますよ」

あとから来る惣右衛門に、行く手にある伝兵衛の家の縁側を手で示した。

日の当たる縁側では、お富とお啓が板張りに座り込み、縁に腰掛けた藤七と彦次郎が、漬物《つけもの》を摘《つ》まみながら茶を飲んでいた。

「こりゃ、家主さん」

惣右衛門の姿を見た藤七は、小さく親しげに会釈《えしゃく》をした。

「いやぁ、お勝さんから伝兵衛が寝込んだと聞いたものでね」

惣右衛門が口を開くと、

「さっき、お富さんとお啓さんが遅い昼餉を作って、伝兵衛さんに食べさせてくれましたよ」

彦次郎が話を繋《つな》げた。

「温かくした素麺《そうめん》を半分くらい啜ったら、すぐまた寝ましたけどね」

お富の話で、伝兵衛の今の有り様は惣右衛門にも伝わったと思われた。

「ご隠居さん、伝兵衛さんの顔を見に行きますか」

「あぁ、そうしよう」

惣右衛門がお勝に返事をすると、

「この障子の向こうに寝てますから、ここからどうぞ」

お啓は腰を上げて、沓脱《くつぬぎ》の上がり口に置いてあった土瓶とお盆を脇へ押しやった。

下駄《げた》を沓脱に脱いで上がったお勝は、惣右衛門が縁に上がるのを待って、縁側の障子を静かに開ける。

六畳の寝間には、縁側に足を向けた伝兵衛が仰向けに寝ていた。

惣右衛門に続いて寝間に入ったお勝は、口を半分ほど開けて寝入っている伝兵衛の枕元に膝を揃えた。

「昨日より、顔色がいいようだね」

お勝が呟くと、縁側から覗き込んでいた四人は小さく頷き、藤七からは「そう思うよ」との声が上がった。

「しかし、改めて伝兵衛の顔を見てみると、老《ふ》けたねぇ」

惣右衛門が、しみじみと口にした。

「家主さん、茶を淹《い》れましたけど、中に運びますか」

お啓がお伺いを立てると、

「顔を見たら安心した。縁に出るよ」

返答するとすぐ、惣右衛門は立ち上がり、お勝はあとに続いて縁に出て障子を閉めた。

お啓とお富が、縁に膝を揃えたお勝と惣右衛門の前にすかさず湯吞を置いた。

「家主さん、伝兵衛さんにゃ、身の回りの世話をしてくれるようなお身内はいねぇんでやすかね」

藤七は、惣右衛門が茶を飲むのを待っていたらしく、湯吞を置くとすぐ声に出した。

「身内ねぇ」

呟くように口にした惣右衛門は胸の前で両腕を組むと、ふっと遠くの方に眼を向け、

「伝兵衛は、上総《かずさ》の佐貫《さぬき》から出てきたんだがね。それも、たしか十五の年で、うちの『喜多村』の板場で見習い修業を始めたんだよ。しかし、思い返してみても、その後は一度も故郷に帰ったっていう覚えが、わたしにはないんだよ。もしかすると、身内というものは、どこにもいないのかもしれないねぇ」

静かに述べると、お勝をはじめ、その場の連中からは声も出なかった。

「いやぁ、店子《たなこ》のお前さん方に大家の世話を焼かせてしまって、すまなかったね」

惣右衛門が軽く頭を下げると、

「惣右衛門さん、あたしらそんなことはなんでもないんですよ」

お啓は『とんでもない』とでも言うように、片手をバタバタと左右に打ち振った。

「ただね、伝兵衛さんの年で一人暮らしは、心配なんですよ。そりゃ、何かあれば、あたしをはじめ店子の誰かがなんとかしますけど、二六時中《にろくじちゆう》ってわけにはいきませんからねぇ」

「そりゃそうだ」

惣右衛門は、お富の話に大きく頷いた。

「このところの伝兵衛さんは、疲れてるような気がするんですよ」

「うん、お勝さんの言う通りかもしれないねぇ」

彦次郎がお勝の説に同調すると、

「長屋にいて仕事をしてると、大家さんの務めの忙しさが改めてよくわかりますよ」

そう付け加え、感心したように小さく唸《うな》った。

彦次郎の言うことは、お勝にも得心がいった。

朝から長屋を出て仕事をしているお勝は、『ごんげん長屋』の伝兵衛の忙しさがどんなものか、つぶさには眼にしていないが、質屋の番頭を務めていると、方々の長屋の営みや慣習というものを見たり、耳にしたりすることが少なくなかった。

家主から長屋の管理を託されている大家は、店賃《たなちん》の取り立てをはじめ、どぶ板の修繕、井戸浚《いどさら》い、厠《かわや》の糞尿《ふんにょう》の処分、餅搗《もちつ》きの算段などのほか、町内の世話役としての務めも負っている。

お上からお触れが出れば、店子に周知させなければならないし、違反する者がいたら、「おそれながら」と訴え出なければならない。

法に触れる者がいたにもかかわらず、隠したりおろそかにしたりすれば、大家は職務怠慢《しょくむたいまん》の罪に問われることもある。

したがって、店子の動向にも眼を向けなければならない。

そのうえ、家主に代わって町役人を務める大家は、月行事《がちぎょうじ》として交代で自身番に詰めるという決まりもあるから、胆力と体力を備えていなければならない。

長屋の店子が火を出したり、罪人を出したりしたら、当人に同行して町役人としての責務を問われることもあるから、気の休まる暇《ひま》がないということは、お勝の耳にも届いていた。

「それに伝兵衛さんは気がいいから、夫婦が揉《も》めてたら仲裁にも入るからねぇ」

「藤七さん、うちのことですか」

お啓が、藤七に向かって口を尖《とが》らせた。

「誰ということじゃねぇが、そういう些細《ささい》なことにも気を配りながら、てめぇの朝餉夕餉もこしらえなきゃならないから、傍目《はため》よりは忙しいし、しんどいのかもしれないって言いたいのさ」

藤七がそう言うと、

「そんなときに、誰か伝兵衛さんの身の回りの世話をしてくれるような身内がいたらいいんだがと、わたしも思いますよ」

彦次郎からも、そんな言葉が出た。

その声音《こわね》には、今年の二月に女房を亡くして一人暮らしをしている者の実感のようなものが籠《こ》もっていた。

「伝兵衛さんは、今年いくつなんだろう」

お富が、寝間の方を向いて呟きを洩らすと、

「たしか、五十五だよ」

惣右衛門が答えた。

「ええっ、それにしちゃ、ずいぶんと老けて見えますよ」

お富は素《す》っ頓狂《とんきょう》な声を発した。

「あたしは、惣右衛門さんと同じくらいかと見てましたがね」

お啓もお富の言に続いて述べると、

「わたしと同じくらいというと、六十六ってことになるがね」

惣右衛門はそう口にしたあと、小さく「はぁ」とため息を洩らした。

「可哀相《かわいそう》に、疲れを溜め込んで、本当の年よりも老けた顔つきにさせてるのかもしれないよ」

しみじみと呟いたのは、お啓だった。

すると、

「顔つきはともかく、伝兵衛の性分というものは、若い時分と変わらないものだねぇ」

「さようで？」

お勝は、囁くように言葉を洩らした惣右衛門に問いかけた。

「何ごとにも誠実で、ついつい一途《いちず》になってしまうんだよ」

そう言うと、惣右衛門は、板場で修業をしていた時分の伝兵衛のことを話し出した。

見習いというのは、もっぱら板場の笊《ざる》や俎板《まないた》、鍋釜《なべかま》を洗うばかりで、包丁《ほうちよう》は持たせてもらえない。それが嫌《や》で辞めていく者も多いが、伝兵衛はそれを誠実に黙々とやり続けたという。

三年経ってやっと包丁を持つことを許されたが、五年経っても七年経っても、料理の腕は一向に上がらず、年下の者に追い抜かれるばかりだったとも、惣右衛門は述懐《じゆつかい》した。

板場の頭《かしら》や他の板前から話を聞いていた惣右衛門の父親は、伝兵衛を料理人としては雇えないと、『喜多村』を辞めさせようという腹を決めた。ところが、下足番《げそくばん》の老爺《ろうや》や女中、出入りの業者たちから、辞めさせるのは惜しいという声が上がったのだ。

伝兵衛は人がいいと、多くの者が口を揃えた。

板場にいた時分も、包丁の腕はともかく、道具や鍋釜を大事に扱っていたうえに、掃除も芥《ごみ》の始末にしても丁寧に向き合っていたという話が諸方から聞こえると、『喜多村』を辞めさせることはないという空気が広がった。

包丁の才はないが、物事に一途に取り組む姿勢はひとつの才だと言う惣右衛門の意見が通り、伝兵衛を帳場の仕事に就けることにした。

「わたしが睨んだ通り、伝兵衛は帳場の仕事が合っていたばかりじゃなく、客あしらいや、若い奉公人たちをまとめたり、酒屋、醬油屋《しょうゆや》など出入りの連中にも遺漏《いろう》のない対応をしてくれた。それで、隠居した父親に代わってわたしが『喜多村』を継《つ》いだとき、伝兵衛には、番頭として帳場を預けたんだよ。住み込みから通いの番頭となったその年、所帯を持つことになったんだが、惜しいことに、一年もしないうちに離縁になって、それ以来独り身というわけだ」

そこで、惣右衛門が話を切ると、いきなり寝間の障子がすっと中から開けられた。

そこには、寝巻をはだけた伝兵衛が障子に手を掛けて立っていた。

「聞き覚えのある声がしてると思ったら、やっぱり旦那様でしたか」

そう口にした伝兵衛は、軽くふらついた体を、障子に手を置いて支えた。

「伝兵衛さん、大丈夫ですか」

お勝が問いかけると、

「無理しないで、お前さんは寝てなさい」

惣右衛門が、かつての主従関係を思わせるような物言いをした。

「いくら旦那様のお言いつけでも、このまま寝るわけにはいきません」

「なんだって」

惣右衛門が語気を強くすると、

「小便が、洩れます」

切羽詰《せっぱつ》まった声で返答した伝兵衛は縁に出ると、厠のある方へ、ふらふらとした足取りで歩き去った。

長火鉢の五徳に掛けられた鉄瓶から、ゆらゆらと湯気が立ち上っている。

その湯気の向こうには胡坐をかいた伝兵衛がいて、向かい側には、藤七はじめ、栄五郎、岩造、それにお啓とお六にお勝が、長火鉢を取り囲むようにして膝を揃えたり、胡坐をかいたりしていた。

家主の惣右衛門が、昼間、伝兵衛の見舞いに来た日の夜である。

「みんなから話を聞く前に、このたびは倒れたわたしのために、様々なご心配と、世話をかけてしまったことについて、深くお礼を申し上げます」

神妙な面持ちで口を開いた伝兵衛は、眼の前の一同に深々と頭《こうべ》を垂れた。

すると、

「大家さん、そんなことはどうでもいいんだよ」

岩造が伝法《でんぽう》な物言いをすると、

「そうそう。あたしら、世話をしたなんて思ってもいないんですから、改めてそんなこと言われると、かえって困りますよぉ」

岩造に同調したお啓はそう言うと、片手を大きく左右に打ち振った。

「藤七さん」

お勝が小声で呼びかけると、小さく頷いた藤七が、

「実はね伝兵衛さん、みんなと話したんだが、あんたが寝込んでしまったのは、

長屋のことだけじゃなく、町内のことやら、いろんな雑事が大家さん一人の肩にのしかかってるからに違いないということになってね」

「のしかかるというか、それが長屋を預かる大家の務めですから、皆さんが気にしなくてもいいんですよ」

笑みを浮かべた伝兵衛は、顔の前で片手を横に振った。

「そうはいきませんよぉ。昨日倒れたのだって、日頃の疲れが溜まっていたからに違いないんですよ」

「そうです」

栄五郎が、お六の意見にはっきりと賛同した。

「それで、わたしにどうしろと――まさか、大家の務めから退《しりぞ》けとでも」

背筋を伸ばした伝兵衛が、声を震わせた。

「違うんですよ」

藤七が口を挟むとすぐ、お勝が、

「忙しさを少しでも減らすために、いっそ、伝兵衛さんに所帯を持ってもらったらどうかと、みんなの考えがひとつにまとまったもんですから、こうしてお伺いに参上したわけで」

押しかけたわけを打ち明けると、伝兵衛はポカンと口を開け、眼を丸くして店子たちを見やった。

「大家さんに倒れられたら、長屋のみんなはてんやわんやなんですから。いえね、看病したり飯の支度をしたりするのはどうということはないんだけど、ね」

お六が岩造に話を振ると、

「そそそ。町役人も務める大家さんの代わりなんざ、おれらには土台無理な話でしてね」

岩造がツツと膝を進めると、

「しかし、今さら」

伝兵衛は、小声で首を捻る。

「伝兵衛さん、このことは、家主の惣右衛門さんにも了解していただいてることなんですよ」

お勝が穏やかに伝えると、伝兵衛の眼が、微かに揺らいだように見えた。

「身の回りの世話をする人がいれば、伝兵衛さんも少しは楽になるのではないかと、みんなそうなってほしいと願ってるんですよ」

栄五郎の実《じつ》のある言葉に、伝兵衛は小さく頷いて、そのまま顔を伏せた。

お勝たち店子は声もなく、伝兵衛の反応を待った。

「しかし」

伝兵衛が小声を洩らすと、

「なんだい」

お啓が即座に声を発した。すると伝兵衛は、

「そんな相手が、いますかね」

力なく呟くと、小さな苦笑いを浮かべた。

「みんなで探しますよ。惣右衛門さんは料理屋の隠居だから顔も広い、お勝さんだって質屋の番頭だから、独り身で苦労している年増女にも知り合いはいるだろう。足袋屋《たびや》の番頭の治兵衛さんは、芸事《げいごと》の女師匠にも伝手《つて》がある。お啓さんの亭主はあちこちのお屋敷の庭木の手入れをしているから、出戻り女の噂《うわさ》なんかが耳に入るはずなんだ」

岩造がそう言い切ると、

「皆さんにおまかせしますよ」

伝兵衛は、静かに頭《こうべ》を垂れた。

「さっそくだが伝兵衛さん、お六さんはどうだい」

「何を言うんですよぉ。あたしは一度所帯持って懲《こ》りてるから、人の女房なんて、務まりませんよ。ははは」

大きな笑い声を発したお六は、嫁入りを勧めた岩造の背中を思い切り強く叩いた。

伝兵衛だけは声もなく、火鉢を前に石のように固まっている。

「とにかく、みんなで探すことにしようじゃないか」

藤七の言葉に、その場の者たちは頷いた。


「まさか、おっ母さんが伝兵衛さんの嫁になるのかい」

幸助の声に、布団を敷いていたお勝やお琴、お妙の動きが止まった。

今夜、大家の家に何人かの住人が集まったのは、伝兵衛に所帯を持つよう促すためだったと、お勝は帰ってくるとすぐ子供たちに告げた途端、幸助から思いがけない言葉が返ってきたのである。

「おっ母さん、どうなの？」

真顔のお妙が、声を低めてお勝に問いかけた。

お妙の横に立ったお琴の顔も、いささか硬い。

「ちょっと、お前たち」

笑みを浮かべてお勝が口を開くと、

「何もわたし、伝兵衛さんが駄目とか嫌いとか言ってるんじゃないんだよ」

お妙は深刻な顔つきをした。

「ただ、その、なんていうか」

お妙に続けて何か言おうとしたお琴は、口ごもってしまった。

「おっ母さんは、嫁に行く気なんかありゃしないよ」

笑みを浮かべたままそう口にしたお勝は、自分も伝兵衛はいい人だと思うし、人として嫌いではないのだと言《い》い切った。

「ただ、男と女が夫婦になるには、それの他に、胸を熱くするような思いというか、好き嫌いとは別の何かが要るんだよ」

「なに？」

真剣な眼をしたお妙が、囁くような声を向けた。

「愛《いと》しいというか、惚れるというか――そういうことなんだけど」

お勝が返事に詰まると、

「あぁ、それなら聞いたことがある。左官の庄次さんや十八五文《とおはちごもん》の鶴太郎さんが惚れたとか惚れられてよぉとか、よく口にしてるもの」

そう言って、お琴が大きく頷いた。

「ホレルって、なに」

お妙が真剣な面持ちで尋ねると、お琴までがお勝を注視した。

どう言えばいいか、一瞬戸惑ったお勝は、

「そんなことは、そのうちわかるようになるさ、ハハハハ」

思い切り笑って誤魔化《ごまか》すと、布団敷きに取り掛かった。

四

夜の帳《とばり》に包まれた根津権現門前町を通り過ぎる風は、以前にも増してひんやりと感じられる。

表通りの『たから湯』から出たお勝は、思わず袷《あわせ》の襟《えり》を片手で搔《か》き合わせた。

お勝たちが伝兵衛に、所帯を持つよう勧めた日から五日が経っている。

『ごんげん長屋』の井戸端から路地へと向かいかけたとき、

「お勝さん」

戸口の開いていた辰之助の家の中から、お啓の密やかな声が掛かり、お勝は足を止めた。

戸口の中に眼を遣《や》ると、土間の框に藤七と治兵衛が腰掛けていて、土間を上がった板の間にはお啓とお富とお六が座り込んでいた。

「土間は狭いから、お上がりよ」

お啓に促されたお勝は、湯桶《ゆおけ》を框の隅に置き、板の間に上がり込んでお啓たちと車座《くるまざ》になるとすぐ、

「何ごと？」

声をひそめて尋ねた。

「伝兵衛さんとの顔合わせを承知した三人の女子《おなご》のことなんだがね」

藤七が口にした件は、四日前、お勝にも知らされていた。

住人の何人かが、心当たりのある寡婦《おんなやもめ》に伝兵衛との顔合わせを諮《はか》ると、お六と治兵衛、それにお啓の亭主の辰之助が推《お》した三人の女から、承諾の返事が来たのだった。そこでさっそく、一昨日《おととい》と昨日の両日、料理屋『喜多村』の一室を借り受けて、伝兵衛との顔合わせが行われたのである。

「実は今日、その三人の相手から、一斉に返事が来たんだよ」

藤七の声に、お勝は思わず息を呑《の》んだ。

今日の午後、『岩木屋』にやってきた惣右衛門から、伝兵衛と三人の寡婦との顔合わせの首尾《しゅび》を聞かれたのだが、

「返事が来るにしても、あと三、四日先のことじゃありませんかねぇ」

と、お勝は悠長《ゆうちょう》な返答をしたばかりだった。

だから、『ごんげん長屋』に帰ってきて夕餉を済ませると、顔合わせの首尾のことは念頭になく、のんびりと湯屋に行ったのである。

「それで、その返事は、なんと――？」

声を低めたお勝は、藤七たちを見回した。

「わたしが口を利いた本郷の数珠屋《じゅずや》の後家さんは、伝兵衛さんはいい人だと思いますと、そりゃ心底褒《ほ》めてましたよ」

最初に口を開いた治兵衛は言葉に力を込めたが、すぐに声を低めて、

「ただ、自分の家の商売に似て穏やかというか、静かすぎるようで、そんなお人と所帯を持ったら、気が滅入りやしないかと思うので、ご辞退申し上げますとの返事でして」

そう言い終わると、すまなそうに頭を下げた。

「あたしが青物をお届けするおはまさんという、大工の亭主を亡くして二年にな

るお人は、伝兵衛さんと顔を合わせたその日に、ここに飛んできましてね。お六さんすまないが、この話はなかったことにしておくれと、まぁ、はっきり断られましたよ」

「断りのわけは、話してくれたのかい」

お勝が尋ねると、お六は即座に大きく頷いて、

「真面目すぎて、張り合いってものがないのは退屈するだけだと——死んだ亭主から引き継いだ若い衆を何人か束《たば》ねてるようなお人だから、張り合いがないと言うのもわかるような気はしますがねぇ」

言い終えたお六が小さくため息をつくとすぐ、

「うちの亭主が口を利いた出戻りのお人も、それと似たようなことを言ったようだよ」

お啓は、困ったような物言いをした。

「たしか、辰之助さんの知り合いの、庭師の妹さんだったたね」

藤七が確かめると、お啓は頷いて、

「一年前に離縁して戻ってきたその妹さんは、前の亭主に比べたら伝兵衛さんは仏様に見えるくらいいい人だと、うちの人にはそう言ってたようなんだけど、い

い人すぎて面白みがないのがねぇと、苦笑いしてたそうだよ」

お啓まで苦笑いを浮かべて、小さく「はぁ」と息を吐いた。

「三人が三人とも、伝兵衛さんはいい人だと、口を揃えてくれたのはありがたいことですよ」

お勝がそう洩らすと、

「だけどさぁ、顔合わせしてからたった一日二日しか経ってないのに、早々と断りを入れるなんてあんまりじゃないかぁ。せめて四、五日ぐらい間を置いてからなら、あぁ向こうさんはよくよく考えた末に断りを入れたんだなぁなんて、こっちだってそう思って、得心がいくってもんじゃないか」

お富は、鼻息を荒くしてまくし立てた。

「お富さんがそう言うのも、よくわかるよ」

そう言うと、お勝は小さく頷いた。

「とはいえ、伝兵衛さんにはなんと伝えたらいいのかねぇ」

ため息交《ま》じりの治兵衛の呟きに、その場の誰もが黙り込んでしまった。

長火鉢の向こうに腰を下ろしている伝兵衛は、顔に笑みを湛《たた》えていた。

その伝兵衛に対して膝を揃えているお啓、お六、治兵衛、それにお勝の顔つきは一様に強張《こわば》っている。

伝兵衛と顔合わせをした相手方からの返事を、この日のうちに知らせようという段になって、

「おれは、行けないよ」

藤七が、伝兵衛の家への同行を拒《こば》むと、

「わたしらだけじゃ心細いから、お勝さんについてきてもらいたい」

治兵衛の申し出に、お啓とお六も同調したので、お勝は応じたのである。

「先日、顔を合わせたお三方からの返答がありましたので、お知らせに上がりました」

戸口に立って訪ねたわけをお勝が述べると、伝兵衛はにこやかな顔で四人を居間に上げてくれたのだった。

「茶も出せないで申し訳ないが、さっそくその、お三方からの返答というのを伺いましょうかね」

笑みを湛えたままの伝兵衛が、穏やかな口ぶりで促すと、

「まずは、お啓さんからひとつ」

お勝の言葉を受けたお啓は軽く咳払《せきばら》いをして、伝兵衛に顔を向けた。

「うちの亭主が口を利いた庭師の妹のおいせさんは、はきはきとものを言うので近所じゃ有名だそうです。そのおいせさんが、あんな実《じつ》のある人はなかなかいないし珍しいと、やけに伝兵衛さんに感心したらしいんですよ」

お啓がそこまで話したところで、伝兵衛は『ほう』と言うような口の形をしてみせた。

「ところが、易《えき》に凝《こ》ってるおいせさんが、昨日、知り合いの占い師に運勢を見てもらったら、今住んでる下谷《したや》車坂町《くるまざかまち》から根津権現門前町に嫁入りするのは、方角がよくないとのお告げがあったそうなんですよ。けどね、諦《あきら》めきれないおいせさんは、なんとかなりませんかと泣きついたものの、無理をすれば相手にも不幸をもたらすという占い師の言葉に、此度《こたび》は辞退するしかないということで、断りを入れてきたような次第でして」

言い終えたお啓は、息を吐きながら畳に手をついた。

「あたしが口を利いたおはまさんは、一昨日顔合わせをした帰り道、大工の男と所帯を持つ前に惚れ合っていた男と、湯島の妻恋稲荷《つまごいいなり》の真ん前でばったり出くわしたそうなんですよ。そしたら話が弾《はず》んで、そのあげく、亭主に死なれたと知った昔の男に言い寄られて、ついには、その日のうちに所帯を持つと言い交わしたというじゃありませんか。そんな二人のために、どうか、伝兵衛さんにはおはまさんを諦めていただきたく」

そう語ったお六が恭《うやうや》しく上体を前に倒すと、伝兵衛は『わかった』と言うように頷き、隣に座っている治兵衛に促すような眼を向けた。

「わたしがお世話した数珠屋のお鉄《てつ》さんが、昨日、根津の『弥勒屋』においでになりましてね」

『弥勒屋』というのは、治兵衛が番頭を務めている足袋屋である。

「そのとき、お鉄さんが申されましたのは、伝兵衛さんは、あまりにも死んだ亭主に似ているから、もし所帯を持ったら、わたしの心持ちは落ち着かなくなるのではないかと、恐れを抱いておいででした。でき得《う》れば、伝兵衛さんのような性分を持った、似てないお人であったならと、断るのを残念だと申しておられました」

「なるほど」

伝兵衛は、治兵衛が話し終えると、呟くように声を出して、

「何かと世話になりまして」

火鉢の縁《ふち》に両手を置いて、軽く頭を下げた。

「伝兵衛さん、これに懲りちゃいけませんよ。これからもみんなで、これという

お相手を探しますから」

お勝が仲人《なこうど》のような物言いをすると、治兵衛たちも「そうそう」と声を上げた。

すると伝兵衛は、

「気持ちはありがたいけれども、所帯の話はもういいよ。わたしなんかどうせ、

面白みもないつまらない男だと思われるだけですから」

穏やかな顔でそう言うと、笑みを浮かべた。

「つまらないなんて、誰もそんなぁ。ねぇ」

お啓がお六に話を振ると、

「そんな、面白みがないなんてこと、誰が言うんですか」

「そうですよ」

治兵衛は、お六の言葉に相槌《あいづち》を打つ。

しかし伝兵衛は、お勝ら四人を穏やかな笑みを湛えた顔で、ゆっくりと見回した。

十月まであと十日あまりという『岩木屋』では、店を開けると同時に、蔵の奥に保管していた損料貸《そんりようが》し用の炬燵《こたつ》や火鉢、行火《あんか》などを建物の脇の空き地に並べた。

番頭のお勝と手代の慶三だけは、帳場に座って質入れや請け出《う》しの客の対応をしたのだが、主の吉之助をはじめ蔵番や車曳《くるまひ》き、修繕係の男衆は、炬燵などの手入れと掃除に駆り出された。

町家では十月から囲炉裏《いろり》を開き、炬燵や火鉢を使うので、それらの道具を貸し出す支度をしておくのは、この時季の『岩木屋』の恒例であった。

蔵の方も質草《しちぐさ》の出し入れに客がやってくる帳場も、朝から慌ただしかったのだが、昼を過ぎた時分からいつもの落ち着きを取り戻していた。

「それじゃ、わたしらは蔵に運びますんで」

蔵番の茂平が帳場机に着いているお勝に声を掛けると、慶三と二人で板の間に置かれていた数点の質草を両手に抱えて、暖簾の奥へと入っていった。

ほどなく八つ半（午後三時頃）になろうかという刻限の帳場に、お勝が墨《すみ》をする音だけが広がっている。

「ごめん」

外から声が掛かると同時に、出入り口の戸が開けられた。

「おいでなさいまし」

硯箱《すずりばこ》から顔を上げたお勝は、

「これは」

墨をする手を止めて、土間に入ってきた崎山喜左衛門に軽く頭を下げた。

「いや、先日、『喜多村』の惣右衛門殿から、お勝さんがそれがしとの面談を了承してくれたとの知らせを受け取ったものでな」

「しかし、今日とは思いもしませんで」

「やはり、前もって日にちを取り決めておくべきだったかな」

「何か、格別のご用でもございましたか」

「いや、格別ということはないのだ。ただ、しばらく無沙汰《ぶさた》をしておったゆえ、近況など語り合えればと――」

そこで言葉を切った喜左衛門は、「迂闊《うかつ》であった」と呟き、皺《しわ》の刻《きざ》まれた頬《ほお》を手で撫《な》でた。

「仕事が終わりますまで、あと一刻（約二時間）ばかりお待ちいただけますなら、話のお相手を務めますが」

お勝が窺うように尋ねると、

「待とう」

喜左衛門から即答が返ってきた。

お勝は、ほんの一瞬思案すると、

「では、『ごんげん長屋』でお待ちください。うちでは夕餉前で何かと忙しいでしょうから、そうですね、うちの隣が空き家になってますから、大家さんに断って、そこで待っていただけませんか」

「承知した。ではのちほど」

喜左衛門は、お勝の申し出に即座に応じると律義に腰を折り、表へと出ていった。

五

居酒屋『つつ井』の戸口に下がった提灯《ちょうちん》には火が灯されていた。

出入り口の腰高障子を開けたお勝が、喜左衛門を伴《ともな》って土間に足を踏み入れると、日が落ちて四半刻ばかりだというのに、店の中は七分ほどの客の入りで、結構賑わっている。

「お二人かい」

声を掛けたのは、入れ込みの板の間から土間に下りたお運び女のお筆だった。

「二人だよ」

お勝が返答すると、

「そこなら背をもたせかけられるから、いいんじゃないか」

「ありがとう」

お勝は先に立って上がり、板場との仕切りの板壁のある板の間の隅に喜左衛門を案内して膝を揃えた。

「お筆さん、先に徳利《とつくり》二本を頼みます。肴《さかな》と食べ物はまかせます」

「はいよっ」

いつも通り、ぶっきらぼうな物言いをして、お筆は板場に飛び込んでいった。

「ここは、長屋の男衆が贔屓《ひいき》にしてましてね」

「なるほど」

小さく声にした喜左衛門は、辺りをそっと見回す。

周りには、仕事帰りの職人たちや、担ぎの物売り、武家屋敷の中間《ちゆうげん》などの他に、これから岡場所に繰り出そうというような男どもの姿も見受けられた。

先刻、仕事を終えたお勝が『ごんげん長屋』に帰ると、

「崎山様は、大家さんの家に行ってるよ」

お琴から思いがけない言葉が飛び出した。

お勝が急ぎ伝兵衛の家に行くと、

「空き家で待ちたいと頼んだのだが、あんな殺風景《さっぷうけい》なところじゃなんだと言うて、伝兵衛殿が家に招いてくれたのだよ」

そんな経緯《いきさつ》を口にした喜左衛門を、お勝は『つつ井』へと伴ったのだった。

お勝と喜左衛門が板の間に腰を下ろしてほどなく、

「食べ物はもう少し待っておくれ」

そう声を掛けて徳利二本とぐい呑《の》みふたつの載ったお盆を置くと、お筆は急ぎ板の間から土間へと下りる。

「お待たせしたお詫びに、最初だけ酌《しゃく》を」

徳利を持ってお勝が勧めると、喜左衛門は素直に酌を受けた。

手酌《てじゃく》をしたお勝がぐい呑みを手にすると、

「では」

喜左衛門の音頭で、二人は酒に口をつけた。

「それがしを待たせたと気にしていたが、年の近い伝兵衛殿との話が弾んで、退屈することはなかったよ」

喜左衛門は笑顔を見せるとすぐ、

「いや。お勝さんがかつて建部家に奉公していたということは、一切口にしてはおらぬゆえ、安心してもらいたい」

「恐れ入ります」

お勝は小さく頭《こうべ》を垂れた。

喜左衛門によれば、お勝とは、日本橋亀井町《かめいちょう》にある香取神道流《かとりしんとうりゅう》の近藤道場を介して知り合った間柄だと、伝兵衛には言っておいたと打ち明けられた。

日本橋馬喰町生まれのお勝は、隣町の近藤道場の一人娘、沙月とは幼馴染みである。沙月の婿となった筒美勇五郎《つつみゆうごろう》は、かつては道場の門人だったのだが、沙月の父親の死後は道場を引き継いで、若い剣士の育成に勤《いそ》しんでいるのだ。

「それで、大家の伝兵衛さんとは、どんなことで話が弾んだんですか」

お勝が尋ねると、

「伝兵衛殿は五十五で、それがしは五十八。この年になって弾む話といえば、お互いの過ぎし来《こ》し方《かた》だよ。お互い、一度は妻帯したものの、伝兵衛殿は早々に離縁となり、わしは早くに妻を亡くして、ともに独り身という境遇だとわかったのだよ」

「え。崎山様は、ご妻女《さいじょ》を持たれたことがおありだったんですか」

「だが、十四年前、胸の病でな」

喜左衛門は、淡々《たんたん》と口にした。

「わたしがお屋敷に奉公に上がっていた頃は、崎山様に奥方がおいでだとは思いもしませんでしたよ」

お勝は、奉公していた当時に思いを馳《は》せるように、ふっと遠くに眼を向けた。

喜左衛門の妻女が身罷《みまか》ったのが十四年前と言うから、お勝が建部家の屋敷を去ったあとのことだった。

「用人勤めのわしが、お屋敷内《うち》で、いちいち身の上のことを話すことなどあるものか」

喜左衛門は苦笑いを浮かべて、ぐい呑みを口に運んだ。

「いやぁ、伝兵衛殿のこれまでを聞いたが、人はそれぞれ、大なり小なり、波乱というものがあるのだなぁ」

しみじみとした声を出した喜左衛門は、感心したように小さく唸ると、

「武家というものは、もともと堅く堅く生きなければならぬから、波乱などめったにないのだ。武家に波乱が起きるのは、それこそ、お家が断絶するという覚悟をしなければならぬときであるからな」

己に語りかけるように独り言を洩らし、手酌でぐい呑みに酒を満たした。

「わたしも、伝兵衛さんが上総の出だということも、料理屋『喜多村』の板場でさんざん苦労したということも、つい最近になって知ったくらいなんですよ」

お勝が喜左衛門の話に合わせると、

「伝兵衛殿の母親は、上総の佐貫で海女《あま》を生業《なりわい》にしていたそうだ」

喜左衛門は興《きょう》が乗ったように身を乗り出し、伝兵衛の半生を口にし始めた。

それによると、伝兵衛の母親は、十八のときに、父親のわからない子を産んだというのだが、それが伝兵衛のことだと付け加えた。

伝兵衛が六つのとき、母親は大多喜《おおたき》近くの豪農の後妻になったのだが、伝兵衛の同行は許されず、佐貫の網元《あみもと》の家に引き取られて、大家族の中で身を縮めながら育ったのだった。

それから五年後、佐貫で十一を迎えた伝兵衛のもとに、病で死んだ母親の遺骨が帰ってきたという。

伝兵衛は、十二のときに漁船に乗るが、ひどい船酔いに七転八倒《しちてんばっとう》したらしい。

その船酔いは、船に三年乗り続けても克服《こくふく》できず、漁師には不向きだという烙印《らくいん》を押されてしまい、網元の家にも居づらくなってしまった。

そんな折、いつも江戸へ魚を運ぶ佐貫の漁師が、日本橋の魚河岸《うおがし》の知り合いから、若い板前見習いを探している料理屋があると聞いてきて、それが十五になっていた伝兵衛の耳に届いたのである。

「その料理屋が、谷中の『喜多村』だったということは、ついこの間、ご隠居さんからも伝兵衛さんからも伺ったばかりなんですよ」

お勝は喜左衛門にそう言うと、料理方を諦めた伝兵衛は、惣右衛門の計らいで、帳場方に進む道をつけてもらったという逸話《いつわ》も披露《ひろう》した。

「お待たせをしまして」

声を張り上げたお筆が、料理の器《うつわ》をいくつも並べた底の浅い木箱を両手に抱えてくると、板の間に置き、手早くお勝と喜左衛門の前に並べる。

「おぉい。酒を頼むよ」

客の声が轟《とどろ》くと、

「ちょいとお待ち！」

お筆は声を張り上げて応え、

「ごゆっくり」

お勝に声を掛けて、慌ただしく去っていった。

「伝兵衛殿は、自分が料理人に向かないのは、幼い時分に母親と離され、家族の多い網元の家で暮らしたせいではないかと言っていたよ」

魚介《ぎょかい》の潮煮《うしおに》や里芋《さといも》とこんにゃく、椎茸《しいたけ》の煮物を口にしたあと、喜左衛門がしみじみと口を開いた。

喜左衛門によると、伝兵衛は、

「他人の家でつつがなく暮らすには、周りの人の顔色を窺わなきゃなりません。子供の頃に身についた術《すべ》は、年を重ねてもなかなか抜けるもんじゃありません。そんなわけで、何につけても思い切ったことのできない男になってしまったような気がしておりますよ」

笑みを浮かべて述懐すると、さらに、

「崎山様、料理人というものは、人と同じようにと、自分の気持ちを抑えていては、腕《つや》を上げることはできないものですね。人とは違う何かを出さないと、深みとか艶のある料理は出来ないのだと、今になって思い知ったような気がします。

板場から帳場の仕事に回り、番頭として勤め、そのあと長屋の大家をしておりますと、自分の取《と》り柄《え》ってものは、一《ひと》つ事《こと》をコツコツとし遂《と》げていくことなんだなと、今になってやっとわかりましたよ。ですから、お前さんの腹の内がわからなくてちっとも面白くないだの、つまらないだのと女房に言われて一年足らずで去られるという憂《う》き目《め》に——あの頃、自分の性分というものがわかっていたら、添い遂げる手立てを講じられたのかもしれませんがね」

そう締めくくった伝兵衛は、「今頃言っても始まりませんが」と言って、明るく笑ったところで、仕事を終えたお勝が伝兵衛の家に現れたのだと、喜左衛門は打ち明けた。

『つつ井』の中は、先刻よりも客が増え、話し声や笑い声が飛び交っている。

「しかし、お勝さん、あの伝兵衛殿は、稀代《きたい》の善人だな」

「はい」

お勝は素直に頷いた。

「だが、あのままでは、年とともに萎《しお》れるだけだ。何か、好きなことに打ち込むとか、遠慮なく怒りを吐き出すとかして、弾けるときは弾けないと生きる気力というものが衰《おとろ》える。気力を補《おぎな》うには、心に張りというものを持つことが大事なのだがなぁ」

喜左衛門の言葉には、伝兵衛を思いやる気遣いが窺える。

「伝兵衛殿は日頃からもっと、歌舞音曲《かぶおんぎょく》に触れるとか、遊び心をたぎらせた方がよいのだ」

まるで叱咤《しった》するように言葉を吐いた喜左衛門は、こんにゃくの煮物を口に放り込んだ。


居酒屋『つつ井』を出たお勝は、『ごんげん長屋』へと続く小路の入り口で、屋敷へ戻る喜左衛門を見送った。

その後ろ姿が夜陰《やいん》に紛《まぎ》れた途端、この日喜左衛門が訪ねてきた用はなんだったのか、そのことを尋ねそびれたことにお勝は気づいた。

喜左衛門の口から用件らしい用件は出なかったから、火急の用があったわけではなさそうだ。

小路に足を進めて数歩ばかり行ったところで、

「お勝さん、お武家をお見送りとは、なんとも艶《つや》っぽい様子でしたよ」

背後から、聞き覚えのある男の声がした。

お勝が足を止めると、左官の庄次と十八五文《とおはちごもん》の鶴太郎も足を止めた。

「『つつ井』からともに出てきた、あの侍は何者だね」

鶴太郎が、少し酔った手つきで表通りの方を指し示す。

「なぁに、縁談を断られた伝兵衛さんのことで、どうしたものかと、知り合いのお武家に知恵を借りていたんだよ」

「それで、なんか、いい知恵を授《さず》かったので？」

庄次が、酒の入ったとろんとした顔をお勝に近づけた。

「知り合いが言うには、魂《たましい》を揺さぶるようなことを見つけることだそうだよ。歌舞音曲とか」

「歌舞音曲かぁ。そりゃいいねぇ」

鶴太郎がお勝の言葉に賛同の声を上げると、庄次も唸り声を上げて大きく頷いた。

日暮れの迫った『ごんげん長屋』の井戸端を秋の風が通り抜けた。

腰を屈《かが》めて鍋釜の洗い物をしていたお勝、お啓、お志麻の近くを、白い煙が流れていく。

近くの物干し場に転がっている空き樽に腰掛けた藤七が、煙管《きせる》を咥《くわ》えた口から吐き出した煙草の煙だった。

「あ、そうそう。お志麻さん、昨日は与之吉さんから生姜《しょうが》を貰っちまいましたよ。ありがとう」

「なんの」

お志麻は手を動かしながら、礼を口にしたお啓に笑顔で応えると、

「与之さんのお得意様が芝神明《しばしんめい》でしてね、買いすぎたからって、持たせてくれたものなんですよ」

事情を打ち明けた。

十一日に始まった芝神明宮《しばしんめいぐう》の祭りは、例年、二十一日までだらだらと続くので、〈だらだら祭り〉とも言われている。神明宮の境内《けいだい》には谷中生姜を売る店が多く出ることから、〈生姜市《しょうがいち》〉と称されることもあった。

その祭りは済んで、今日はすでに九月二十四日である。

「よくも騙《だま》したなっ！」

突然、男のしわがれた怒鳴り声が轟いた。

表通りの方から荒々しい下駄の音を立てながらやってくる伝兵衛を、庄次と鶴

太郎が左右から必死に宥《なだ》めつつ現れた。

「許さん！」

立ち止まって声を張り上げた伝兵衛は、お勝たちに気づいたものの、眼を剝《む》いたまま、足音を立てて家へと向かった。

すると、お六をはじめ、お琴とお妙、岩造とお富まで、何ごとかと集まってきた。

「どうしたんだよ」

藤七が、庄次と鶴太郎に問いかけると、

「縁談のまとまらなかった伝兵衛さんを元気づけようと、庄次さんと二人して、宮永町の居酒屋に連れ出したんですよ」

「飯を食いながら、酒も飲んで景気をつけたところで、面白いところがあるからと、おれが行きつけの『中川楼《なかがわろう》』の前に」

庄次がそこまで口にしたとき、

「お琴とお妙は、家にお入り」

低い声でお勝が指示すると、お琴はお妙の手を引いて家へと引き返していった。

「お前たち、伝兵衛さんを妓楼《ぎろう》に連れ出したのかい」

お啓がなじるような物言いをすると、

「元気づけるには、やっぱり、色気がいいだろうと思ってさ」

鶴太郎は、小声で答えた。

「それで」

岩造が尋ねると、

「『中川楼』の前まで行ったところで、伝兵衛さんがいきなり怒鳴ったんだよ。何が面白いところだ。表を見れば、ここがどういうところかぐらい、わたしにもわかる。お前たち、よくもわたしを誑《たぶら》かしたなと眼を吊り上げたから、伝兵衛さん、たまには弾けてみようじゃありませんかと取りなしてはみたが、それが火に油で」

鶴太郎は、そこで大きく息を吐いた。

「いいねぇ。あんな激しい伝兵衛さんを見たのは初めてだ」

藤七はそう言うと、煙管に煙草の葉を詰め始め、

「ときどき今みてぇに怒らせるようなことをしねぇと、伝兵衛さんを老け込ませるばっかりになってしまうよ」

楽しそうに笑みを浮かべた。

質舗『岩木屋』の仕事を定刻に終えたお勝は、日が落ちて翳《かげ》り始めた表通りを下駄の音を鳴らして急いでいる。

妓楼に連れていこうとした鶴太郎と庄次に、伝兵衛が怒りをぶつけた日の翌日である。

この日の七つ（午後四時頃）という時分に、『岩木屋』にやってきたお琴から、

「大家さんが、長屋のみんなになんにも言わずにただ頭を下げて、折詰《おりづめ》の赤飯を配って回ったんだよ」

お勝はそんな報告を受けたのだった。

そのことが気になったものの、お勝は店を閉めるまで待って、急ぎ『ごんげん長屋』に向かったのである。

「伝兵衛さん、大家さん、わたし勝ですが。おいでですか」

伝兵衛の家の戸口に立って声を掛けたが、応答はない。

「長屋の住人に赤飯を配ったと聞いたもので、どういうことかお伺いに」

お勝がそこまで口にしたとき、戸口の中に人影が立った。

「伝兵衛さん」

お勝が戸を開けようとすると、中から戸が押さえられ、

「話なら、戸を閉めたままで」

焦《あせ》ってうろたえたような伝兵衛の声がした。

「昨日は、すまなかった。みんな、わたしを気遣ってくれていたことを、今朝、藤七さんから聞いたよ。だが、こともあろうにわたしを妓楼に誘い込もうとしたことは、許しがたい所業だが、鶴太郎さんと庄次さんなりに、わたしを心配してのことだと思えば、今は、ただただありがたいし、嬉しかった。だから、赤飯は、わたしのほんの、気持ちばかりのお礼ですよ」

「わかりました。遠慮なくいただきます。長屋のみんなには、今の言葉を伝えておきますから」

そう言うと、お勝はゆっくりと戸口を離れた。

激高《げきこう》した伝兵衛を見たのは、昨日が初めてのことだった。

怒りをぶちまけた伝兵衛が、このあと、どう変貌するかはわからない。

すぐに、いつもの仏の伝兵衛さんに戻るような気もするが、それはそれでいいのかもしれない。

ふっと笑ってお勝が暮れかけた空を仰《あお》ぐと、カァと鳴き声を響かせて、烏《からす》が数

羽、根津権現社の方へと羽ばたいていった。

第三話　鬼の棲《す》み家《か》

一

質舗『岩木屋』は、根津権現社の南端にほど近い場所にある。

したがって、境内《けいだい》で何か催《もよお》しがあれば、賑《にぎ》わいの様子が風に乗って店の中に忍び込むことも珍しくない。

ほどなく冬を迎えるこの時季、朝晩はかなり冷え込み、権現社地《ごんげんしゃち》に聳《そび》える多くの欅《けやき》の高木《こうぼく》が、寒風《さむかぜ》にざわめき、落ち葉を界隈《かいわい》に撒《ま》き散らすようになった。

この夏、流行したコロリに罹《かか》って諸方で多くの人が死ぬという騒ぎが起き、人々を不安に陥《おとしい》れたが、それもずいぶん前のことのような気がする。

コロリに罹った者が、呆気《あっけ》なく死ぬ様を見た人は、

「無念な思いを抱えながら死んだ人が、いずれ魑魅魍魎《ちみもうりょう》となって恨《うら》みを晴らしに現れるに違いない」

などといった流言《りゅうげん》を振りまいたが、どうやら、こともなく冬を迎えられそうである。

九月三十日は晦日《みそか》で、明日になれば神無月《かんなづき》となり、季節は冬となる。

冬の到来を目前にしていた『岩木屋』は、例年のことながら、九月の半ば過ぎから冬支度を始めていた。

桜の花が咲き始める時分、『岩木屋』には寒い時季に使った布団、炬燵《こたつ》、火鉢《ひばち》、行火《あんか》などを質入れに来る者が絶《た》えない。

ことに、狭い長屋住まいの者は炬燵や火鉢などの置き場に困るので、質屋の蔵を保管所代わりにして預け、冬を前に質屋から請《う》け出すのが、庶民の例年の冬備えと言えた。

そのため、主人の吉之助をはじめ、蔵番の茂平ら奉公人たちは、蔵にしまっていた質草《しちぐさ》の検品や掃除にてんてこ舞いをするのだが、番頭のお勝と手代の慶三だけは、帳場を離れるわけにはいかない。

この日の『岩木屋』は、店を開けると同時に質草を請け出す客が次々にやってきたが、九つ（正午頃）近くになって、やっと一息ついた。

「ありがとうございました」

土間近くの板の間に膝《ひざ》を揃《そろ》えていたお勝が、出ていく客に声を掛けると、それまで客の相手をしていた手代の慶三は、

「はぁ」

と声を出して息をつき、蔵から何度も質草を運んできていた蔵番の茂平は、

「一服させてもらうよ」

そう言いながら帳場近くの板の間に座り込んで煙草盆《たばこぼん》を引き寄せ、帯に挟んでいた煙草入れを引き抜いた。

「旦那さんから、お茶を運ぶように言われましたから、一息入れてください」

台所女中のお民が、数個の湯呑《ゆのみ》の載ったお盆を左手に、右手には土瓶《どびん》を提《さ》げて板の間に現れた。

「そりゃありがたい。お民さん、あとはわたしがやりますから」

慶三が申し出ると、

「それじゃ、頼みますよ」

お民はお盆と土瓶を慶三に託すと、帳場の奥の暖簾《のれん》を割って、奥へと去った。

慶三が甲斐甲斐《かいがい》しくお盆の湯呑に茶を注ぎ始めると、茂平は、煙草の葉を詰めた煙管《きせる》を煙草盆の火入れに近づけて火を点《つ》けた。

「ありがとう」

帳場机に湯呑を置いてくれた慶三に声を掛けたお勝は、帳面を閉じて湯呑に手を伸ばす。

「茂平さん、茶はここに」

慶三は、煙草を喫《の》む茂平の膝元に湯呑を置くと、その横に並ぶようにして湯呑を手にした。

「火鉢や炬燵の請け出しに来る客は、今日が山でしょうかねぇ」

「まぁ、そうだろうねぇ」

お勝が慶三の言葉に返答すると、

「蔵の中に残ってるのは、あと三つ四つってとこだよ」

茂平が言い添えた。

「質入れしたことを忘れて、慌《あわ》てて請け出しに来るのは、毎年何人もいるからねぇ」

陽気な声でそう言うと、お勝は茶をひと口啜《すす》った。

「ごめん」

声とともに開けられた腰高障子《こしだかしょうじ》から、風呂敷包《ふろしきづつ》みと細長い布袋を抱えた若い侍が土間に足を踏み入れた。

「おいでなさいまし」

手にしていた湯呑をお盆に置いた慶三が頭を下げると、

「おいでなさいまし」

帳場机に着いていたお勝も、丁寧《ていねい》に迎え入れる。

「これを質入れしたいのだが」

そう口にした二十代半ばと思《おぼ》しき侍は、抱えていたふたつの包みを板の間に置く。

羽織袴《はおりはかま》のその装《な》りから、大身《たいしん》とは言えないまでも、旗本の子弟と見える若侍は、風呂敷包みを解いて四角い桐《きり》の箱を出し、細長い布袋からは、鮫皮《さめがわ》の鞘《さや》に収まった大刀を取り出した。

「恐れ入りますが、あなた様のご姓名と、お住まいをお伺《うかが》いしとうございます」

膝を揃えていた慶三が、丁寧に声を掛けると、

「いや、実はこれは、先日拾った品々でな。どうしたものかと始末に困った末に、質屋に預けるのが一番だと思い、こうして」

侍は少し戸惑ったものの、用意してきたような文言をぎこちなく口にした。

二人のやりとりを聞いていたお勝は帳場を立つと、慶三の横に膝を揃えて軽く頭を下げ、

「出所はともかくといたしまして、お預けになると申されるなら、姓名などをお尋ねする決まりになっておるのでございます」

穏やかに事情を口にすると、若侍は声もなく顔をしかめた。

「まして、ひとつは刀剣でございます。お奉行所からのお達しによりまして、刀剣をお預かりする際は、詳しく吟味《ぎんみ》することになっております」

「お、お、おぬしら、これらは盗んだものだと申すのかっ」

お勝の言葉に激高《げきこう》したのか、若侍は威嚇《いかく》するように胸をそびやかす。

「そうじゃねぇんでございますよ」

突然口を挟んだ茂平は煙管を叩き、煙草の灰を煙草盆の灰吹《はいふ》きに落としてから続ける。

「質屋ってものはですなお侍。古着、古鉄《ふるがね》、古道具屋なんぞとともに、八品商《はっぴんしょう》と呼ばれる商《あきな》いをしておるんでございますよ。そういう商いでございますから、由緒《ゆいしょ》のわからねぇものが紛《まぎ》れ込むことが、たまにございまして、拾い物などを扱うときは、厳しい吟味をするようにと、お奉行所からそう申しつかっておるので

ございます」

いつもは伝法《でんぽう》な物言いをする茂平が、やけに丁寧な口調で話し終えたとき、

「ごめんよ」

外から戸を開けて土間に入ってくるなり声を上げたのは、目明かしの作造だった。

「親分、何ごとですか」

お勝が問いかけると、

「この前を通りかかったら、煙草の匂いがしたもんだからね」

作造は、茂平の前に置いてある煙草盆にニヤリと眼を遣《や》りながら、

「あっしも一服つけさせてもらいてぇ」

自分の煙草入れを帯から外し、框《かまち》に腰掛けた。

「どうぞどうぞ」

慶三は湯吞に土瓶の茶を注ぎ、作造の前に置く。

「おれのことより、お客様のお相手を」

作造が若侍の方に掌《てのひら》を向けると、

「これから、お名を伺うところでしてね」

返答したお勝は、土間に立った若侍を窺《うかが》うように見上げた。

「もうよいっ！」

甲高《かんだか》い声を発した若侍は、風呂敷で包む間も惜しむように、桐の箱と刀袋を脇に抱えて表へと飛び出していった。

「商いの邪魔をしたようだね」

「なんの」

茂平が作造にそう言って片手を左右に打ち振ると、

「おそらく、遊ぶ金欲しさに屋敷の道具を持ち出した小倅《こせがれ》ですよ」

お勝は笑顔でそう断じて、煙草盆を作造の横に動かした。

ゴーンと、上野東叡山の方から鐘《かね》の音がした。

九つ（正午頃）を知らせる時《とき》の鐘《かね》に違いなかった。


神田川《かんだがわ》に架《か》かる和泉橋《いずみばし》から柳原通《やなぎはらどお》りへと渡ったお勝は、町家と武家屋敷の間の小路《こうじ》へと入り、小伝馬町《こでんまちょう》の方へと足を向けた。

日は中天《ちゅうてん》にあるが、明日から冬になるこの時季、暖かい日射《ひざ》しはありがたい。

九つの鐘が鳴った直後、『岩木屋』の台所で、奉公人たちは交代で蒸《ふ》かし芋《いも》をご馳走《ちそう》になった。

お民によれば、出入りの酒屋が、川越の親戚から送られた芋を『岩木屋』に分けてくれたのだという。

蒸かし芋を昼餉《ひるげ》代わりにしたあと、お勝は、帳場を吉之助に預けて『岩木屋』を出たのである。

質屋の客の中には、質草の預かり期限を忘れてしまい、請け出せずに質流れにしてしまうということがたまにある。

そんなことが起きぬよう、預かり期限の迫っている客を訪ねて歩くのも質屋の帳場を預かる奉公人の仕事のひとつであった。

根津権現門前町の『岩木屋』を出たあと、下谷茅町《したやかやちょう》と湯島天神門前の二か所に寄ったあと、最後の家へと向かっている。

今から向かおうとしている預け主は、神田松下町《かんだまつしたちょう》の道具屋『野島屋《のじまや》』の『宗次《そうじ》』と、証文に認《したた》められていた。

お玉ヶ池跡《たまがいけあと》の通りを南へ横切って、角をふたつ折れた先に松下町はあった。

そこから二町（約二百二十メートル）ばかり南へ行けば、小伝馬町の牢屋敷《ろうやしき》へと至るところである。

道具屋『野島屋』は、藍染川《あいぞめがわ》に架かる小橋の傍《そば》にあった。

間口は二間《けん》半（約四・五メートル）ほどだが、平屋の建物は板塀《いたべい》が巡らされ、数種の庭木が頭を出していた。

「ごめんなさいまし」

戸障子を開けて声を掛け、お勝は土間に足を踏み入れた。

奥からはなんの返答もない。

仕方なく店の中を見回すと、土間の中央に置かれた平たな台と二面の壁に設《しつら》えられた三段の棚には、茶道具や硯箱《すずりばこ》、書画《しよが》の道具、酒器、料紙箱《りようしばこ》、蒔絵《まきえ》の文箱《ふばこ》などが整然と並べられている。

しかも、それらは古道具ではなく、すべて真新しい。

まともに買えば、かなり値の張る品々のように見受けられる。

「ごめんなさいまし」

再度声を掛けると、土間の片隅の、帳場と思しき二畳ほどの板の間の障子が音もなく開いて、奥から三十は過ぎているやに見える表情の乏《とぼ》しい女が出てきて、品定めでもするかのようにお勝を見下ろした。

「お初にお目にかかります。わたしは根津権現門前町の質舗『岩木屋』の番頭を務《つと》めます、勝と申します。『野島屋』の宗次さんのお住まいはこちらでございましょうか」

お勝が丁寧に挨拶《あいさつ》をすると、

「宗次は『野島屋』の主《あるじ》ですが、質屋さんが、うちの人にどんなご用でしょうか」

女は、薄化粧を施《ほどこ》した顔の眉間《みけん》に小さく縦皺《たてじわ》を刻《きざ》むと、冷ややかな物言いをした。

「およそ半年前に、宗次さんからお預かりした質草の期限が十日ほどあとに迫っておりますので、そのことをお知らせに参ったような次第でして」

言葉に角が立たないように用心しながら伝えると、女の顔つきがにわかに険しくなり、

「宗次は今朝早く店を出て、お届けの品を持って品川《しながわ》、目黒《めぐろ》へと出掛けましたから、帰りは夕刻になると思われます」

木で鼻を括《くく》るような物言いをした。

「お留守なら仕方ありません。お帰りになりましたら、根津の『岩木屋』の者が伺ったことをお伝え願います」

丁寧に腰を折ると、お勝は表へと足を向ける。

「何かの間違いじゃありませんかねぇ」

苛立《いらだ》たしげな女の声が、お勝の背に突き刺さった。

「こちらには、お預かりした品と日にち、預かり料を記した証文もございますので」

振り向いたお勝が、努めて静かに口を開くと、

「見せてもらおうじゃありませんか」

女は斜《しゃ》に構えると、挑《いど》みかかるように片手を差し伸べた。

「預かり証文というものは、めったな人にお目にかけるわけにはまいりませんが」

「わたしは、宗次の女房、たまきという者ですがね」

女の方から、やっと身の上が明かされた。

女の物言いから、宗次の女房だと予想はできたが、お勝は相手が名乗るのを待つことにしたのだ。

「では、これを」

帳場らしき板の間に近づいて、お勝は懐《ふところ》から取り出した証文を広げて見せた。

証文に顔を近づけたたまきの眼には、『四月十日』の預かり日と『黒漆塗《くろうるしぬり》　金《きん》蒔絵文箱《まきえふばこ》』という質入れの品書き、『神田松下町　野島屋　宗次』という文字が

見えているはずだ。

「質草の預かり期限は、お役所からのお達しで一年と決められておりますが、こちらの宗次さんは、半年で請け出すということでございました」

「そんなはずはありませんよ」

たまきは頭のてっぺんから声を発すると、

「うちは、質入れしなけりゃならないほど、暮らし向きに困ってなんかいません。お前さんが眼の利《き》く質屋の番頭なら、ここに並んでる道具がどれほどの値がつくものか、見ればわかるんじゃありませんかっ」

「はい。そうお見受けしておりました」

お勝は素直に頷《うなず》いた。

「その文箱はきっとね、どこかの誰かが、宗次の名を騙《かた》って質入れしたものに違いありませんよ」

啖呵《たんか》を切ったたまきが、証文をお勝に突き返したとき、背後の障子がすっと開いた。

二

「店先で声を荒らげて、何ごとだい」

不機嫌そうに声を発しながら障子を開け、たまきの背後に姿を現したのは、五十も半ばと思しき白髪《しらが》交じりの女だった。

「あぁ、おっ母さん」

『野島屋』の帳場に立って、土間のお勝を見下ろしていたたまきは、摺《す》り足《あし》で近寄って横に立った女をそう呼んだ。

「こちらは」

たまきの母親は、土間に立ったお勝を冷ややかに見ると、抑揚《よくよう》のない声を口にした。

「こちら、根津の質屋なんだけどね、宗次が金蒔絵の文箱を質入れしただなんておっ言いなんだよ」

たまきが口を尖《とが》らせると、

「根津権現門前町の質舗『岩木屋』の者でございます」

お勝は女に、改めて名乗った。

「それは妙だね。金蒔絵の文箱はうちにはいくつもあるし、もっと値の張る螺鈿《らでん》の細工物だってなんだってあるんだから、高値でも売れますよ。それをどうして質に入れなくちゃならないんですか」

女は、呆《あき》れたとでも言うように鼻で笑った。

「その辺りの事情は存じませんが、宗次さんからの預かり証文がございますので、期限までに請け出されないときは、申し訳ありませんが、質流れということにさせていただきます」

そう述べて、軽く腰を折ったお勝が出口へと体を向けたとき、

「うちの婿《むこ》が質入れするということなど、万にひとつもありませんよ。だいたい、なんだって、根津の方まで行って質入れしなきゃならないんですかねぇ」

たまきの母親の怒声《どせい》に、お勝は踏み出そうとした足を止めた。

そして、

「長年、帳場に座っておりますと、質屋に見えるお客様の中には、何かしら事情を抱えたお人がおいでになります。ことに、お武家様や表に看板を掲《かか》げておいでのお店の方々は、質屋に出入りする姿を近隣の知り合いに見られたくないということで、わざわざ遠くへ足を延ばされることがあるのでございます」

お勝がことを分けて述べると、

「うちの婿が、人に隠れてこそこそと、そんなことをしたとお言いですかっ」

たまきの母親は、両眼を吊り上げた。

「いえ。そういう例があると申したまででして」

穏やかに対応したお勝は、丁寧に腰を折った。

「それで、うちの人は、その文箱をいくらで質入れしたんですか」

「証文にも書いてあります通り、十五両でございます」

たまきに問われたお勝は、証文に書かれていた額を声に出した。

「いったい、あの婿は十五両をなんに使ったんだい」

「知らないわよ」

咄嗟《とっさ》に返答したたまきは、母親からぷいと顔をそむける。

「質屋さん、うちは代々道具を商ってます。三十両五十両にもなる文箱や茶道具、鏡台を並べております。たった十五両くらい、何も質屋の世話にならなくとも用立てられますから、きっと誰かがうちの婿の名を騙ったとしか思えませんねぇ」

胸を張ったたまきの母親はそう断じると、片頰《かたほお》を動かして冷笑を浮かべた。

ほんの少し西に傾《かたむ》いた日を横顔に受けたお勝は、神田堀《かんだぼり》に架かる甚兵衛橋《じんべえばし》を南へと渡った。

訪ねてきた用件を主の宗次に伝えてもらいたいという言付けを残して『野島屋』を出たお勝は、近くの日本橋亀井町に足を延ばすことにしたのである。

亀井町には、婿を取って二人の子の母親になった、幼馴染《おさななじ》みの近藤沙月が住んでいる。

香取神道流を指南する近藤道場の一人娘だった沙月は、門人の一人だった筒美勇五郎を婿に迎え、父親の死後は、勇五郎が主となって道場を受け継いでいた。

亀井町の角を左へ曲がって小路に入った途端、竹刀《しない》を叩く音や気合いの声が、行く手の道場の武者窓《むしゃまど》からほとばしり出ている。

歩《ほ》を進めたお勝は、扉のない簡素な冠木門《かぶきもん》を潜《くぐ》ると、道場の出入り口とは別の、近藤家の戸口に立って、

「こんにちは。根津の勝ですが」

と、声を掛けた。

するとほどなく、建物の裏手から襷《たすき》を掛けた沙月が現れて、

「今、湯を沸《わ》かしてたところなの。お茶を淹《い》れてお菓子でもと思ってたから、こ

のまま台所に回ってよ」

「うん」

気安く応じたお勝は、沙月に続いて建物の裏手へと回り、台所の広い土間に足を踏み入れた。

近藤家の土間は竈《かまど》の口が四つも並び、框を上がった板の間には囲炉裏《いろり》が切ってあり、大人が二十人集まっての飲食も易々《やすやす》とできる。

板の間に上がって囲炉裏の傍に膝を揃えたお勝の耳に、道場からの掛け声や板を踏む音が微《かす》かに届いていた。

「お待たせしました」

沙月は、お勝の斜め前に腰を下ろすと、湯呑ふたつと菓子の載った小皿を二人の間に置いた。

「いただくよ」

「どうぞ」

子供同士のようなやりとりをした二人は、湯呑に手を伸ばす。

茶を飲み、菓子を二口三口食べたところで、

「こっちには何か用だったの」

思い出したように、沙月から問いかけられた。

「ちょっとね」

そう返答したあと、質草の預かり期限の迫った相手を二、三訪ねて回り、その最後の神田松下町での出来事をかいつまんで告げた。

「ところで、お勝ちゃんの子供たちは変わりないの？」

「うん、おかげさまでね。沙月ちゃんのとこは？」

「相変わらずよ」

そう返事をした沙月は、

「あぁ、美味《おい》しかった」

満足そうにそう言うと、菓子皿を板の間に置いて湯呑を手にした。

沙月と夫の勇五郎の間には、今年十六になる虎太郎《こたろう》と十三の娘のおあきがいる。

幼い時分から道場で剣術の手ほどきを受けていた虎太郎は、今では年長者たちに交《ま》じって剣術の腕を磨いていると聞いていた。

「初手は、腕が痛い足が痛いとべそをかいていた虎太郎も、今では歯を食いしばって耐える力を身につけてきたようよ」

「それは頼もしいじゃないのさ。立派な跡継《あとつ》ぎが育てば、近藤道場も安泰《あんたい》だ」

お勝はしみじみと口にすると、湯呑に口をつけた。

「お琴ちゃんたちともしばらく会ってないし、いつか、子供たちだけでこっちに泊まりに来させなさいよ」

思いがけない沙月の申し出に、

「それは面白いかもしれないねぇ」

お勝は顔を綻《ほころ》ばせると、湯呑の茶を一気に飲み干してしまった。

「そうそう。沙月ちゃんも知ってる建部家のご用人の崎山様が、ついこの前、わたしに会いに見えたのよ」

「あぁ。二十年ばかり前、お勝ちゃんが住み込みの女中奉公をしてた旗本の建部家でしょ」

「そうなんだけど、崎山様がいったいなんの用事があって訪ねていらしたのか、わからないまま帰ってしまわれてさぁ」

お勝が口にしたのは、十日ほど前のことだった。

仕事帰りのお勝を『ごんげん長屋』で待つことになっていた崎山喜左衛門が、大家の伝兵衛の家に招かれたことがあった。

その際、年の近い二人はついついお互いの半生を口にして、肝胆相照《かんたんあいて》らす仲になったらしいのだ。

　伝兵衛の波乱に満ちた半生にことのほか感じ入った様子の喜左衛門は、その日、お勝への用件がなんだったのか口にすることもなく、帰路に就《つ》いたのだった。

「あれじゃないの。お武家様はお屋敷の中では何かと息を詰めていなければならないことがあるじゃないの。めったなことも言えず、愚痴《ぐち》もこぼせずにさ。そんなとき、遠慮なくものが言える気安い相手といえば、今は質屋の番頭を務めているお勝ちゃんしかいないってことなのよ、きっと」

「そうだろうか」

　お勝が首を捻《ひね》ると、

「ここだけの話だけど、建部家じゃ頭の痛いことがあるらしいのよ」

　沙月は秘密めかしたように声をひそめ、

「建部家の跡継ぎのことで、密《ひそ》かに揉《も》めてるらしいの」

　とも続けて、静かに頷いてみせた。

　沙月によると、建部家の後嗣《こうし》は前々から長男の源六郎と目《もく》されていたのだが、建部左京亮の側室が左馬之助《さまのすけ》という男児を産んだことで、五、六年前から、にわかに跡継ぎの件に暗雲が漂い始めたらしい。

近年、左馬之助を産んだ側室側が、お手付き女が産んだ源六郎について、〈建部家の後嗣にふさわしくない〉と申し立てているのだと、沙月から聞かされたお勝は、小さく息を呑《の》んだ。

沙月の話に出た源六郎は、建部家で女中奉公をしていた時分に、主の左京亮の手がついて、お勝が産んだ男児なのである。

「たしか、その建部家の源六郎様が、道場にお通いだと聞いたけど」

お勝は、沙月の口から建部家の内情が語られると、さりげなく源六郎の名を口にした。

もしかすると、沙月の口から源六郎に関する近況が聞けるかもしれないという淡《あわ》い期待を込めていた。

「今日は、朝の稽古《けいこ》に見えていたんだけど、いつも通り爽《さわ》やかな様子だったわ。源六郎様は、春風駘蕩《しゅんぷうたいとう》だわ。周りの騒ぎなんかどこ吹く風というご性分なのよ」

沙月はそう言い切ると、笑みを浮かべた。

「へぇ、そりゃあいい性分だ」

まるで他人事《ひとごと》のような物言いをしたお勝だが、誰にも話したことはないものの、近藤道場で稽古をする源六郎を眼にしたこともあるし、名乗ることもなく短いやりとりをしたこともあった。

「開けますよぉ」

外から聞き覚えのある男の声がして、土間の戸が外から開いた。

「あぁ、やっぱりいたね」

笑みを浮かべて台所の土間に入り込んだのは、お勝と沙月より三つ年下の幼馴染みの銀平だった。

日本橋から神田界隈を受け持つ銀平の帯には、目明かしらしく十手《じって》が差してある。

「味噌《みそ》屋《や》の正吉《しょうきち》が、神田堀を渡ったお勝さんを見かけたと言うもんだから、ここに来たに違いないと踏んで、立ち寄らせてもらいました」

框に腰掛けた銀平は、土瓶の蓋《ふた》を取って覗《のぞ》き込み、

「残った茶を貰《もら》いますよ」

声を掛けて、板の間の隅に重ねてあった湯呑を取ってくると、

「お勝さん、今日こっちへは、何ごとです」

土瓶の茶を注ぎつつ、問いかける。

「ちょいと、神田松下町の道具屋にね」

お勝が、質草の預かり期限の迫った『野島屋』の主に会いに来たことを打ち明けると、

「そしたら、主はいないうえに、留守をしていた嫁とその母親らしき二人から、横柄《おうへい》な物言いをされたって言うじゃないの。ねぇ」

沙月は、お勝に顔を向けた。

「あぁ、あの『野島屋』ね。うん、あの家の母娘なら、横柄なことこのうえなしだね」

あっさり決めつけた銀平は、湯呑の茶をぐびぐびと半分ほど飲んだ。

「銀平、知ってるのかい」

お勝が関心を示すと、

「先代の主が生きてるうちはよかったんだが、先代の女房と娘が店を切り盛りするようになった途端、評判を落としたね。値の張る道具を売ってるのを鼻にかけてるし、人を見て商いをしてるようだ。子供の泣き声がうるさいだの、柿《かき》の枝が塀を乗り越えてるから切ってくれだの、文句ばかり言うから、隣近所付き合いもぎすぎすしてると聞くぜ。そういうふうだから、娘の婿が居つきやしねぇ」

「へぇ」

好奇心を露《あら》わにした沙月が身を乗り出した。

「今の婿は、ええと」

「宗次さん」

お勝が、思案した銀平に口を挟むと、

「そうそう、宗次。その男が『野島屋』の、三人目の婿なんだよ」

そう言って、銀平は大きく頷いた。

なるほど――お勝は、『野島屋』の母と娘の対応を思い浮かべ、婿が居つかないと言う銀平の話に、大いに得心がいった。


月が替わって二日目の十月二日の朝である。

大戸《おおど》が閉じられた『岩木屋』の土間や帳場は薄暗いが、戸の隙間《すきま》から射し込む朝日が、板の間で茶を飲むお勝や慶三、吉之助の顔を浮かび上がらせている。

店開き前の支度が早く済んだというので、大戸を開く刻限の五つ（午前八時頃）まで茶を飲んでいる最中だった。

囲炉裏を開いたり、炬燵《とうせい》や火鉢などを使い始めたりする十月一日の昨日、『岩木屋』でも、先月まで使っていた小さめの火鉢に替えて、陶製の大きな丸火鉢を板の間の真ん中と帳場付近に二台据《す》えた。

その火鉢に掛けた鉄瓶《てつびん》からは湯気が立ち上っており、客を迎える支度はとっくに出来上がっていた。

「今日、おっ母さんは亀井町の近藤道場に行ってきたんだよ」

二日前の夕暮れ時、『ごんげん長屋』の我が家で夕餉を摂《と》っていたお勝は、箸《はし》を動かしていたお琴、幸助、お妙ら三人の子供たちに、そう打ち明けていた。

そして、子供たち三人だけで近藤道場に泊まりに来るようにと言った沙月の言葉を伝えると、三人の口から歓声が上がり、笑みが広がった。

「そのときは、手跡指南所《しゅせきしなんじょ》は休まなきゃならないな」

幸助は早くも段取りを思案し始め、夕餉のあとは、いつ泊まりに行くかなど、子供たち三人は日程の算段に取り掛かったのである。

ゴーンと、『岩木屋』の静かな店の中に、上野東叡山の鐘の音が届いた。

五つを知らせる時の鐘である。

「さて、店を開けましょう」

吉之助の声を合図に、お勝と慶三はお盆に湯呑を載せると腰を上げ、土間に下りる。

内側で閉められていた腰高障子をお勝が片側に引き寄せると、慶三が外側の板戸を次々に戸袋へしまい込む。

「ああっ！」

板戸をしまい終えた慶三が、悲鳴のようなものを発して体を強張《こわば》らせた。

慶三が開けた板戸の外に、女二人が亡霊のように突っ立っていることに気づいたお勝が、

「あなた方は」

声にならない声を上げた途端、『野島屋』のたまきとその母親が、あたふたと土間の中に駆け込んできた。

「おいでなさいまし」

空の湯呑の載ったお盆を抱えて板の間に立っていた吉之助からは、戸惑いの声が洩《も》れ出た。

「旦那さん、こちら神田松下町の、例の『野島屋』さんでして。主の宗次さんのお内儀《ないぎ》のたまき様と、その」

お勝が言い淀《よど》むと、

「わたしの生みの親の、ひろといいます」

たまきは、横に立つ母親の名を口にした。

お勝は、戸障子を閉めた慶三が板の間に上がるのに続いて上がり、帳場近くに膝を揃える。

「まぁ、ともかく、こちらへ」

吉之助は、お勝が話した『野島屋』の母娘の対応に思いが至ったらしく、〈なるほど〉というような面持《おもも》ちで、火鉢の近くに上がるよう丁寧に促《うなが》した。

「そんなことより、うちの宗次がこちらに預けたという蒔絵の文箱を見せていただきたいのです」

たまきは、切り口上でまくし立てた。

「それは、どういうわけでございましょうか」

お勝は、凛《りん》とした声で問いかける。

「それは」

と、呟《つぶや》くような声で躊躇《ためら》いを見せたたまきは、

「こちらの番頭さんがわたしどもへ見えた日の翌日、つまり、昨日のことですが、両国《りょうごく》の質屋の者が来て、織部《おりべ》の茶碗の預かり期限が近いと言うじゃありませんか」

まるでお勝のせいだと言わんばかりに怒りの声を向けた。

「それで、ご主人はなんとお言いで？」

お勝が静かに尋ねると、

「婿の宗次は、一昨日《おととい》も昨日も、家に帰ってこないんですよっ」

母親のおひろが吠《ほ》えると、どこへ行ったのかも知れないのだと下唇《したくちびる》を嚙《か》み締めた。

「慶三、宗次さんからお預かりした文箱を」

「へい」

吉之助に返事をして慶三が腰を上げかけたとき、

「蔵まで声が届きましたから、お持ちしましたよ」

帳場の奥の暖簾を割って現れた茂平が、布を敷いた三方《さんぼう》に蒔絵の施された黒《くろ》漆《うるし》金蒔絵《きんまきえ》の文箱を捧《ささ》げ持ってきて、母娘が立つ土間近くに置いた。

「宗次さんからお預かりしたのは、これでございます」

お勝の声に誘われるようにして、母と娘が文箱に顔を近づける。

ふた呼吸ほど文箱を見つめると、

「うちの蔵からなくなってた文箱だよ、おっ母さん！」

金切り声を上げたたまきに釣られたお勝が、

「なくなったって――?」

思わず呟いた。

「たまき、お前の婿がうちの道具を持ち出して質草にしていたに違いないよっ」

「どうしてまた」

すぐさま驚きの声を発したのは慶三だったが、

「そんなこと知りませんよっ」

おひろの剣幕《けんまく》に首をすくめてしまった。

お勝は、『野島屋』の母娘の前に置いていた文箱をさりげなく茂平の方に押しやって、

「『野島屋』さん、そちら様にも事情はおありのようですが、期限の迫ったこの文箱は、請け出していただけましょうか」

たまきにお伺いを立てた。

「いくらうちでも、すぐに十五両なんて出せやしませんよっ!」

たまきは甲高い声を上げた。

「おのれぇ、『野島屋』の婿の分際で――!」

絞《しぼ》り出すような呻《うめ》き声を洩らしたおひろは、素早く踵《きびす》を返して戸障子を開け、

足音を立てて表へと飛び出していった。

「宗次めぇ！」

たまきは、呪《のろ》うような声を吐きながら、母親のあとを追って出た。

三

二日後――。

五つ（午前八時頃）に店を開けたばかりの『岩木屋』の中は明るい。

朝日を浴びた障子が輝いて、土間と帳場を照らしている。

帳場机に着いたお勝は、のんびりと硯《すずり》で墨《すみ》をすっていた。

「番頭さん、なんだか神主屋敷《かんぬしやしき》の向こうが騒がしいんですが、なんでしょうね」

柄杓《ひしゃく》を突っ込んだ水桶《みずおけ》を手にした慶三が、土間に入ってくるなり、南の方を指さしてそう口にした。

「騒がしいっていうと」

「何か叫び声がしたり、走り回る足音がしたりと」

慶三は盛んに首を捻る。

「何ごとだろう」

帳場を離れたお勝は、土間の下駄《げた》を引っかけると障子戸を開け、水桶を置いた慶三ともども店の表に出て、神主屋敷の方に眼を向けた。

するとそこへ、大八車を曳《ひ》いた弥太郎が近づいてきて、

「大八の梶棒《かじぼう》の具合を見ようと宮永町の辺りまで曳いていって、引き返してきたんですがね」

秘めやかな物言いをすると、

「宮永町の妓楼《ぎろう》の主が何者かに刺されて、白岩道円《しらいわどうえん》先生の屋敷に運び込まれたって話です」

厳しい顔でお勝と慶三に告げた。

「それで神主屋敷の辺りが騒がしかったんだ」

慶三は、お勝が親しくしている医者の白岩道円の屋敷が神主屋敷近くにあることを思い出したのか、一人合点《がてん》して、小さく頷く。

「慶三さん、騒がしいのはそれだけじゃなくて、刺した野郎は刃物を持ったまま逃げたっていうんで、近くの店なんかは戸を閉めるし、女子供は家ん中に閉じ籠《こ》もったりしてるそうだよ」

「わたしらは帳場に戻るけど、弥太郎さんは茂平さんたちに知らせて、持ち場で

用心しておくれ」

　お勝が指示を出すと、「へい」と返事をした弥太郎は、急ぎ建物脇の空き地に大八車を曳いていった。

　お勝と慶三は、急ぎ店の土間に入ると、障子戸を閉めた。

　だが、すぐに外から開けられて、

「お勝さん、わたしだよ」

『ごんげん長屋』の住人の藤七が声を掛けながら、お琴とともに店の中に入り込んだ。

「藤七さんどうしたんですか」

「半刻《はんとき》（約一時間）ぐらい前に、宮永町の『花菱《はなびし》』って妓楼で刃傷沙汰《にんじょうざた》があったんだよ」

　そう口を開いた藤七は、女のことで妓楼に乗り込んだ男が暴れた末に、楼主《ろうしゅ》を火箸《ひばし》で刺して逃げたのだと告げた。

　刺した男がどこへ逃げたのかも、何をしでかすかもわからないので、近辺の住人たちは恐怖におののいているという。

「『ごんげん長屋』の男の多くは仕事に出ているが、おれと彦次郎さん、それに岩造さんが残っているから、お富さんお啓さんのことは守れる。お勝さんのところの幸助とお妙ちゃんも、瑞松院の手跡指南所に行っているから心配はない」

そう告げた藤七は、万一のとき、騒ぎの近くにお琴がいては危ないので、お勝や若い衆もいる『岩木屋』にいた方がいいとの思いから、連れてきたのだと打ち明けた。

「そりゃありがとうございます。お琴はここに置いておきますから、ご心配なく」

お勝が礼を述べると、

「町内の作造親分をはじめ、根津宮永町の目明かし連中も駆り出されて逃げた男を捜してはいるんだが、まだ見つからねぇ。おっつけ奉行所のお役人や小者、捕り手が集まるから、お琴ちゃん、それまではここにいることだ」

藤七が町の様相を口にすると、お琴は落ち着いた様子で頷いた。

「それじゃおれは」

片手を挙げた藤七は障子戸を開けると、年のわりに軽い身のこなしで表へと出ていった。

するとすぐ、

「藤七さん、質入れかい」

聞き覚えのある岩造の声がして、

「何を言いやがる。お琴ちゃんをおっ母さんとこへ送り届けたんだよ」

「お。それじゃ、おれもちらと顔を出していくよ」

岩造の声に笑みを浮かべたお勝が、戸口の障子を開けた。

「こりゃ」

火消し半纏《ばんてん》を纏《まと》った岩造は外から入るなり、土間に立っているお勝、お琴を見て、慶三に頭を下げた。

「騒ぎのことは、たった今藤七さんからも聞いたとこだよ。とにかく、少しお掛けよ」

腰掛けるよう岩造に勧めたお勝は、慶三やお琴とともに板の間に上がった。

するとそこへ、足音を立てて奥から現れた吉之助が、

「今、車曳《くるまひ》きの弥太郎に聞いたんだが」

「宮永町の妓楼の騒ぎですね」

慶三が問うと、吉之助は小さく頷いた。

「今、九番組『れ』組の火消し人足《にんそく》の岩造さんに話を聞こうとしてたところでして」

お勝が口を挟むと、

「伺いましょう」

吉之助は岩造の近くに膝を揃えた。

「おれは、目明かしの作造親分から聞いたことしか知らねぇがね」

框に腰を掛けると、岩造は心持ち声をひそめて話し出した。

それによると、以前から根津宮永町の妓楼『花菱』に客として通い詰めていた男が、今朝、いきなり上がり込んで、馴染みの女郎の居所を教えろと吠え立てたのが発端《ほったん》だという。

男が捜していたのは、源氏名《げんじな》を『あざみ』という女郎で、前々から、年季が明けたらその男と夫婦になると口にしていたらしい。

ところが、年季は三日前に明けているはずなのに、いまだになんの知らせもなく、思いつめた男はあざみの居所を聞こうと妓楼『花菱』に乗り込んできたのだった。

応対した楼主と、女将《おかみ》を務める女房は、男を諦《あきら》めさせようと、あざみは前々からの馴染みの男に身請《みう》けされたのだと、真っ正直に打ち明けたのである。

「それじゃ、約束が違う」

と、男は、あざみと取り交《か》わした起請文《きしょうもん》を振りかざして激怒した。

あざみの居所を教えろ教えないで楼主や男衆と揉めた末に、

「妓楼『花菱』とあざみはぐるになっておれを虚仮《こけ》にしやがった」

と、火鉢に刺さっていた火箸を摑《つか》んで楼主をめった刺しにして逃走したという
騒ぎの顚末《てんまつ》を岩造は語った。

「その野郎はどこへ逃げたかもわからねぇもんだから、女たちは、戸に心張り棒《しんばぼう》をかって家の中で息をひそめたり、谷中や上野の寺の中に逃げ込んだりしてますが、おれら九番組『れ』組と、『つ』組の火消し人足が何十人も町の中を固めて捜し回ってるから、今日中にはけりがつくと思いますがねぇ」

岩造は、一同を前に自信ありげに胸を張った。

「『ごんげん長屋』は根津宮永町から近いし、気になるねぇ」

呟くように口にした吉之助が、

「番頭さんも気になるだろうから、少しの間、長屋や『花菱』さんの様子を見てきたらどうだね」

と、お勝に勧めてくれた。

『花菱』には、損料貸《そんりょうが》しの品物を納《おさ》めていたから、まんざら知らない妓楼では

ない。

「よろしいんで？」

お勝は、主からのありがたい申し出を素直に受け入れることにした。

お琴を『岩木屋』に預けたまま、お勝は岩造と連れ立って、『ごんげん長屋』へと足を向けていた。

根津宮永町に近づくにつれて、ひそひそ話をする人の輪がそこここで見受けられたし、使いに出されたらしき年若の下女が、顔を引きつらせて足早に通り過ぎていく姿もあった。

通りのそこここには、奉行所の捕り手が立って警戒しており、近隣から集められたらしく、見覚えのない目明かしや下っ引きの姿もあった。

『ごんげん長屋』に入り込んだお勝と岩造は、大家の伝兵衛の家に避難しているお富とお啓、そしてお志麻の無事を確かめると、藤七の家とその隣に住む彦次郎の無事も見届けた。

お勝は、しばらく『ごんげん長屋』に残ると言う岩造と別れて、根津宮永町の妓楼、『花菱』の近くへと足を向けた。

妓楼が軒《のき》を並べる通りは、担《かつ》ぎの物売りや町人が行き交《ゆか》っているが、いつもよりは静かである。

そこここに、奉行所の同心《どうしん》や小者たちの姿があることから、楼主を刺して逃げた男はまだ見つからないのだろう。

『花菱』の出入り口が見通せるところで足を止めたお勝は、辺りに目配りをしている根津宮永町の目明かしの権六《ごんろく》や、九番組『つ』組の火消し人足たちが警戒をしている姿が眼に映《うつ》った。

これほどの警戒をしているところに、刺した男が戻ってくることはあるまい
――胸の内で呟いたお勝が、その場を去ろうとしたとき、

「お勝さん」

聞き覚えのある目明かしの作造の声がした。

『花菱』の出入り口の方を向くと、作造に続いて南町奉行所《みなみまちぶぎょうしょ》同心の佐藤利兵衛《さとうりへえ》が通りへと出てきた。

「長屋の近くで大ごとだったねぇ」

「はい。あらかたは火消しの岩造さんから聞いてはいましたが、『岩木屋』の旦那から許しをいただきまして、様子を見に来たんですが」

お勝は、佐藤に返事をし、軽く頭を下げた。

「『花菱』の女郎あざみの馴染みの客のうち、二人の男が自身番に来てるんで、今から作造と話を聞きに行くところなんだよ」

「わたしも『岩木屋』に戻りますから、途中までご一緒に」

お勝は小さく頭を下げると、佐藤と作造から半歩ほどあとについて歩き出した。

「『花菱』さんに損料貸しの布団や蚊帳《かや》などを届けることもありましたが、あざみという妓《ぎ》は見たことありませんでしたよ」

お勝が何気なく洩らすと、

「『花菱』じゃ人気の女郎らしく、五人の馴染みを抱えてたそうだ」

感心したような物言いをした作造は、自身番に呼んである二人の馴染みは、凶行があった今朝、一人は大川《おおかわ》で荷船を操《あやつ》っていた船頭で、もう一人は大工で、芝の普請場《ふしんば》に夜明けとともに着いて、仕事に取り掛かったばかりだったようだと述べた。

「まぁ、てめぇが通い詰めてる女に他の馴染みがいても、どんな男かなんて知りはしないだろうが、『花菱』の中で耳にしてるってこともあるから、その辺を探ってみようというわけだよ」

あざみの馴染みを自身番に呼んだわけを、佐藤は気さくにお勝に話してくれた。

「本当は五人揃えばよかったんだが」

軽くぼやいた作造は、自身番に来られなかった馴染みの一人は、二、三日前から熱を出して寝込んでいたと言い、もう一人は、身内の法事で昨夜から千住掃部《せんじゅかもん》宿《しゅく》に行っているということで、下っ引きの久助《きゅうすけ》を千住に向かわせているとのことだった。

「もう一人が、神田松下町の道具屋の主なんだが、こいつは、四日も前から家に帰ってねぇらしい」

佐藤の話に息を呑んだお勝は、

「それは、『野島屋』の宗次さんのことでしょうか」

咄嗟に口にした。

「お勝さんあんた、『野島屋』を知ってるのかい」

作造が足を止めてお勝を振り返った。

「『野島屋』の宗次というお人は、半年前、文箱を質入れした『岩木屋』のお客でして」

そう答えたお勝は、『野島屋』の娘婿になっていた宗次が、女房とその母に隠れて店の蔵から品物を持ち出して質草にしていたようだと打ち明け、母娘が『岩木屋』に押しかけてきたときの顚末を、佐藤と作造に申し述べた。

四

昼を過ぎてから、『岩木屋』界隈は、幾分、風が強くなった。

嵐のような風ではないが、根津権現社に聳《そび》えている高木の葉がやけにざわついており、さも強い風が吹き荒れているような錯覚《さっかく》にとらわれる。

「大八車を曳く弥太郎さんも、付き添った慶三さんも、砂を被《かぶ》って帰ってきますねぇ」

『岩木屋』の帳場机に着いていたお勝が呟くと、

「そうだねぇ」

板の間の火鉢の近くで紙縒《こよ》りを縒《よ》っていた吉之助は、小さく風に鳴る戸障子の方に眼を向けた。

手代の慶三は、八つ（午後二時頃）の鐘が鳴ったあと、損料貸しの火鉢と炬燵を弥太郎の曳く大八車に載せて、二か所に届けに出ているのだ。

今朝、根津宮永町の妓楼で刃傷沙汰を起こした男がいずこかへ逃げたという騒ぎがあり、お勝の娘のお琴は、用心のために『岩木屋』に避難させていたのだが、昼餉の握り飯を食べたあと、『ごんげん長屋』に戻っていた。

町役人たちの要請《ようせい》を受けて、近隣の火消し人足たちが、不用心な場所などの警《けい》固《ご》に当たることになり、『ごんげん長屋』の空き家には、岩造と九番組『れ』組の平人足《ひらにんそく》一人が詰めてくれることになったので、お琴は安心して長屋に戻ったのである。

しかも、妓楼『花菱』に乗り込んで暴れ、楼主を刺して逃げたのは、あざみという女郎の馴染みだった『野島屋』の宗次だったと楼主の女房が白状したという知らせも、作造からお勝にもたらされていた。

ほどなく八つ半（午後三時頃）という時分だが、刃傷沙汰のあとの町内は、風の音以外、静かである。

小さく戸の開く音がして、

「ごめんよ」

同心の佐藤が土間に足を踏み入れた。

「これは佐藤様」

紙縒りを縒る手を止めた吉之助が、土間近くに膝を進めて丁寧に迎える。

「奥へ行きまして、お茶を」

そう口にしてお勝が立ち上がると、

「台所にはわたしが頼んできますから、番頭さんは佐藤様のお相手を」

てきぱきと指示した吉之助は、急ぎ暖簾を割って奥の廊下に消えた。

「ちょいと邪魔をするよ」

刀を帯から外して框に腰を掛けた佐藤が、

「ふう」

と、息を吐いた。

「朝から歩き回っておいででしたか」

「そうなんだが、松下町の『野島屋』の様子は、お勝さんから聞いた話のおかげで、いろいろとわかってきたよ」

そう口を開いた佐藤は、

「『野島屋』の女房は、亭主の宗次が商売物の道具を質屋に持ち込んで手にした金で、岡場所の女に注ぎ込んでいたらしいと知って、怒り狂ってるそうだよ」

お勝に向かって笑みを浮かべた。

「でしょうねぇ」

相槌《あいづち》を打ったお勝には、女房のたまきと母のおひろの怒りは生半可《なまはんか》なものではあるまいと思われた。

「お待たせをしまして」

暖簾の奥から、湯呑を三つ載せたお盆を持ったお民を従えて吉之助が現れた。

お民が三つの湯呑を、佐藤、吉之助、お勝の順に置いたとき、

「ごめんなさいよ」

戸が開いて、男二人が飛び込んできた。

「自身番で、佐藤様はこちらだと聞きまして」

声を発したのは作造で、その脇には銀平が控えていた。

「お民さん、お茶をあとふたつ頼むよ」

「いえ、旦那、あっしらのことはどうかお構いなく」

作造がきっぱりと口にすると、吉之助はお民に頷いてみせた。

「ご用のときはなんなりと」

お民はそう言うと、小さく辞儀をしてゆっくりと奥へと立ち去った。

「しかし、銀平まで何ごとだい」

お勝が訝《いぶか》ると、

「神田日本橋界隈が絡むときは、馬喰町の銀平に頼るにかぎるからさ」

佐藤の言葉に、銀平は「恐れ入ります」と頭《こうべ》を垂れた。

「佐藤様が申された通り、銀平どんの顔の広さのおかげで、宗次の前に『野島屋』の娘の婿になった二人の男のこともわかって、事情を聞くこともできたんだよ」

「ほう。宗次さんの前に、婿を二人もですか」

作造の言葉に問い返した吉之助が、ぽかんと口を開けた。

『野島屋』が最初に娘の婿を取ったのは、八年前ということだったね」

「さようで」

銀平は、作造に返答すると同時に、佐藤に向けても頷いた。

「最初に婿に入ったのは、神田紺屋町《かんだこんやちょう》の染屋《そめや》の三男坊の仙太《せんた》といいまして、二十四になった娘のたまきより三つ年下の二十一の男でした」

たまきの死んだ父親と、仙太の父親が昔からの顔見知りだったことから、縁談はとんとん拍子《びょうし》に運んだという。

銀平が聞いたところによれば、『野島屋』から入り婿《いりむこ》の話が飛び込んできたとき、遊び人だった仙太は、

「これで遊ぶ金に不自由はしない」

と、胸の内で「しめた」と快哉《かいさい》を叫んだようだと述べた。

「ところが、『野島屋』に入った途端、大いに当てが外れたと、仙太は周りの者にぼやいておりまして」

仙太のぼやきを聞いた銀平によると、まず、金が一文たりとも思い通りにならなかったらしい。

そのうえ、『野島屋』の主人扱いなどはされず、

「一刻も早く、『野島屋』の後継《あとつ》ぎを作ること」

との厳命を下された。

したがって、たまきの亭主というより種馬《たねうま》扱いを受け続けたのだと、当時を思い出した仙太が深いため息をついたのを、銀平は目《ま》の当たりにしたと打ち明けた。

一年半ばかり経《た》った頃、思いつめた仙太は『野島屋』に離縁を申し入れたが、義母のおひろから、仙太の父に十両の金を貸してあることを知らされ、また、父親からは「我慢してくれ」と頭を下げられて、

「おれは、十両という種付け料で実の父親に売られたんだ」

仙太は大いに憤慨《ふんがい》したものの、身動きひとつ取れなくなったという。

しかし、『野島屋』での暮らしに耐えきれなくなった仙太は、その半年後、つ

いに逃げ出して、品川の遊び仲間の家に転がり込んだ。

そのあと、仙太は仲間に頼んで『野島屋』の辺りを探ってもらったのだが、

「『野島屋』の母と娘は、姿の見えなくなったおれのことを、婿は十両の手切れ金を渡して追い出してしまったと、近所にはそう吹聴《ふいちょう》してやがったんだよ」

そう言って、仙太は苦笑いを浮かべたという。

仙太は今、深川永代寺門前仲町《ふかがわえいたいじもんぜんなかちょう》で所帯を持ち、藍染《あいぞめ》の小物を商う店を、夫婦仲睦《なかむつ》まじく営んでいると佐藤に告げて、銀平は話を締めた。

「娘のたまきより三つ年下の、大部屋の売れない役者の恭二郎《きょうじろう》を婿に取ったのが、仙太が逃げて一年経つか経たないかって時分だったそうです」

作造は、本人には会うことはできなかったが、その当時のことをよく知っている恭二郎の知人から聞いたことだと断って、話を切り出した。

婿入りして一年後、気鬱《きうつ》になっていた恭二郎はとうとう食も細くなり、暮らしに支障をきたすほどの気の病《やまい》に罹《かか》ってしまったのである。

気の病には転地療法《てんちりようほう》がよいとの医者の進言があったのだが、『野島屋』の母娘はそれを認めず、恭二郎は依然《いぜん》として奉公人扱いをされ続け、ついに錯乱《さくらん》して病床に就いた。そこでやっと、薬代医者代がかさむということで離縁されたのが、

今から三年前のことだった。

「恭二郎は今、話をしてくれた知人の伝手《つて》で、八王子《はちおうじ》の農家の婿になって、のんびりと蚕《かいこ》の世話をしているそうです」

そう言って、『野島屋』の二番目の婿の話を作造が締めると、

「『野島屋』が金を融通《ゆうずう》していた同業の道具屋の次男だった宗次を、無理やり婿に据えたのが、二年前ということになります」

銀平が言い添えた。

「宗次が根津の岡場所に通い詰めたってのは、他所《よそ》でしか息抜きができなかったってことなのかねぇ」

しみじみと口にして、佐藤は自分の頬を軽く片手で叩くと、

「憐《あわ》れですなぁ」

吉之助まで、同情を禁じえぬとばかりに声を洩らした。

「ごめんなさいまし」

外から声がして戸が開くと、作造の下っ引きの久助が急ぎ土間に入り込み、

「今しがた、妓楼『花菱』の番頭が自身番に顔を出しまして、刺された楼主の佐《さ》治右衛門《じえもん》は、白岩道円先生の屋敷で快方に向かっているということでございまし

た」

静かに告げた。

「ということは」

お勝がふと言葉を洩らすと、

「捕まっても、宗次は死罪を免《まぬが》れるかもしれぬが、遠島《えんとう》は確実だ。これ以上悪事を重ねなければの話だがね」

「実は佐藤様」

久助が間髪《かんはつ》を容《い》れずに口を挟むと、

「さっき自身番に来た『花菱』の番頭が、抱えている女郎の一人からとんでもないことを打ち明けられたと言うんでやす」

「とんでもねぇことたぁ、なんだよ」

作造が久助を急《せ》かすと、

「その女郎というのは、『花菱』じゃ一番古株の『野菊《のぎく》』っていう、借金が減らず年季明けを迎えられずに居続けてる年増なんですが、その野菊が、楼主を刺して逃げる宗次に、あざみが後妻に行った先を教えたって、今になって打ち明けたと言うんです」

「なに」

佐藤の口から、鋭い声が洩れた。

「年季の明けたあざみを身請《みう》けして後妻にしたのは、板橋宿《いたばししゅく》の飯屋の主、卯一《ういち》郎《ろう》だと、逃げる宗次に咄嗟に教えたってことでして」

「どうしてまた――」

お勝が呟くと、

「その卯一郎というのは、もともとは野菊に貢《みつ》いでいた馴染みの客だったらしいんですが、最近になってあざみに鞍替《くらが》えしたらしいです」

そう話した久助は、呆れたように「はぁ」と、ため息をついた。

「なるほど、金蔓《かねづる》の上客を横取りしたあざみへの意趣返《いしゅがえ》しってことだな」

銀平が呟くと、相槌を打った作造が、

「自分を裏切った卯一郎への恨みも持ち――ってことは佐藤様、野菊は、卯一郎にも宗次の恨みを向けさせようって腹かもしれません」

己の推測を付け加えると、佐藤はゆっくりと框から腰を上げ、

「作造、銀平、今から奉行所の小者らと、板橋宿に詰めるぞ」

低いが、凛とした声を発して板の間の刀を摑んで腰に差した。

『ごんげん長屋』は、ほどなく夜の帳《とばり》が下りようかという頃おいである。

行灯《あんどん》の明かりの広がるお勝の家では、箱膳《はこぜん》に着いた母子四人が夕餉を摂っている。

「おっ母さん、宮永町で人を刺した男は捕まったのかい」

お勝の横に座っている幸助が、箸を動かしながら声を発した。

「まだだけど、どうして」

お勝が返答すると、

「でも、隣の空き家に詰めていた『れ』組の火消し人足の二人は、引き揚《あ》げていったよ」

お妙が不安そうな眼をお勝に向けた。

「それはね、この辺に立ち回る心配がなくなったってことなのよ、きっと」

そう口にしたお琴は、子供三人の中では年長者である。

家に残って家事をしていても、周りの大人たちの言動などが眼や耳に入ってくるのかもしれない。

「だったら、その男はどこへ逃げたんだよ」

幸助は、お妙と並んで箱膳に着いているお琴に向かって挑むような物言いをした。

「知らないけど、町役人の大家さんたちが承知したことだから、安心してればいいのよ」

「お琴の言う通り、馬喰町の銀平さんも下手人《げしゅにん》捜しに加わってるし、近いうちに片はつくんじゃないかねぇ」

お勝が口を挟むと、幸助は、

「フーン」

と唇を尖らせたが、すぐに小鉢《こばち》の芋を箸で突き刺した。

「そしたら、銀平おじさんも根津に来てるの？」

向かいに座ったお妙が、笑みを浮かべてお勝の方に身を乗り出した。

「目明かしのお務めをしていると、お役人の指図でどこにでも行かなくちゃならないから、根津に来ることもあるんだよ」

「おっ母さんは、銀平おじさんと会ったのかい」

幸助から声が飛んだ。

「うん。『岩木屋』に顔を出してくれたからさ」

『何もお前たちに内緒で会ったわけではない』という意味合いを込めて、お勝はさりげない返事をした。

するとと、

「会いたかったなぁ」

と、幸助は呟き、お妙は、

「うん」

と、寂しげに頷いた。

当の銀平は、『花菱』の楼主を刺した宗次が、あざみを追ったと踏んだ佐藤の指示で、作造や久助らとともに『岩木屋』をあとにしていた。

その際お勝は、

「路銀《ろぎん》は持っているのかい」

と、『岩木屋』の土間の隅に銀平を呼んで尋ねていた。

「目明かしは、お役人の指図でいつ何時江戸を離れたり、宿に逗留《とうりゅう》して何日も見張りをしなきゃならないこともあるから、一両くらいはいつも懐に入れて出歩くんだよ」

そんな話は前々から聞かされていたお勝だが、この日は突然の佐藤の指図だったので、つい気を回してしまったのだ。

しかし、

「いつもの通り、懐に金は入れてきてるよ」

銀平は笑ってお勝に返答すると、佐藤らとともに板橋へと向かったのである。

「開けるよ」

いきなり男の声が響くと、子供たちはビクリと息を呑んで体を強張らせた。

戸が開いて、土間に足を踏み入れたのは、住人の岩造である。

「岩造おじさん、びっくりするじゃないかぁ」

幸助が口を尖らせて文句を言うと、

「なんでだよ」

「だって、人を刺して逃げてる男が来たのかと思うじゃないの」

お妙は大人びた口調で岩造を窘《たしな》めた。

「すまねぇすまねぇ。これ、お琴ちゃんにお礼だってさ」

岩造が、小さな包みを框に置くと、

「夕方まで隣の空き家に詰めてたうちの組の若い人足から、茶を持ってきてくれたお琴ちゃんに蒸《む》し饅頭《まんじゅう》を届けてくれって頼まれたんだ」

お琴を見て頷いた。

「おっ母さん、貰っていいの？」

お琴が尋ねると、幸助とお妙までお勝の反応を窺う。

「あぁ。ありがたくいただくといいよ」

お勝の返事に、お琴は顔を綻《ほころ》ばせた。

五

日の出から半刻ばかりが経った根津権現門前町に、薄く靄《もや》が這《は》っている。

地面の水気《みずけ》が朝日に熱せられ、湯気のように立ち上っているのだろう。

お勝は、いつも通り六つ半（午前七時頃）過ぎに『ごんげん長屋』を出て、根津権現社近くの『岩木屋』に足を向けていた。

「お勝さん」

表通りの辻《つじ》を左へ曲がろうとしたとき、聞き覚えのある声に呼び止められた。

足を止めたお勝は、自身番から出たばかりの作造が近づいてくるのを待った。

「板橋じゃなかったんですか」

「半刻前に戻ってきたんだよ」

疲れた様子で口を開いた作造は、

「自身番で話しましょうか」

自身番に案内すると、玉砂利《たまじゃり》の敷かれた縁の框に掛けるようお勝を促して、その横に腰を掛けた。

「四日の日に佐藤様たちと板橋に行ったんだがね」

話を切り出した作造は、日の暮れた板橋宿に着いてからの経緯《いきさつ》を口にした。

同心の佐藤と同道した作造、銀平、久助は、四半刻《しはんとき》（約三十分）後に板橋に到着した根津宮永町の目明かしの権六や、佐藤と同じ南町の同心二人と小者たち六人と手分けして、卯一郎が営む飯屋を捜し出して周辺を調べたのだが、宗次らしき男が立ち回っていたというような目撃談は聞こえなかった。

「板橋に向かったとはいえ、金の持ち合わせもなさそうな宗次は、食うにも事欠いているし、役人の眼を避けながら、遅々とした動きしかできねぇはずだと佐藤様は申されたよ」

さらに、人の眼などを避けた宗次は、暗い夜道を板橋に向かったのではないかと言う若い同心もいた。

しかも、板橋宿に着いたにしても、あざみが後妻に入った卯一郎の飯屋の名も場所も知らない宗次は難儀をしていると踏んで、総勢十人になった追っ手は、『鍵屋《かぎや》』という卯一郎の飯屋が見通せる、中山道《なかせんどう》に面した旅籠《はたご》や履物屋の二階に分かれて、宗次が現れるのを待つことになったという。

「その夜も、次の日も、宗次が『鍵屋』に近づく気配はしなかったよ」

ところが、六日の夜、提灯《ちょうちん》の明かりが消え、暖簾がしまわれてから四半刻が経った時分、『鍵屋』の戸口に人影が近づいて戸を叩くのを、旅籠の二階で見張っていた作造と銀平が見つけた。

「どちら様で」

飯屋の中から、卯一郎と思しき男の声がすると、

「こちらに、あざみさんはおいでですか」

表に立った人影が、こともあろうに、『花菱』で名乗っていた源氏名で問いかけたのである。

これは宗次に間違いないということで、同心の佐藤以下が一斉に飛び出して、呆気に取られていた宗次を捕らえたのが、昨夜の四つ（午後十時頃）だったと、作造は捕縛《ほばく》までの顚末を話し終えた。

その夜は一旦板橋宿の宿役人《しゆくやくにん》の家で休息したあと、夜明け前、宗次を唐丸駕《とうまるか》

籠《ご》に乗せて板橋を発《た》ち、戻ってきたということだった。

「それで、『野島屋』の宗次は、今、どこに」

お勝が作造に尋ねると、

「小伝馬町の牢屋敷に入れるには書付が要《い》るから、それが揃うまでは茅場町《かやばちょう》の大番屋《おおばんや》に入れておくことになってね」

との返事だった。

「となると、こっちはどうしたもんでしょうねぇ」

思案に暮れた声を洩らしたお勝は、宗次から預かっている質草の預かり期限が、三日後の十日で切れるのだと打ち明けた。

「いくら罪人とはいっても、預かり証文の名義人は宗次さんですから、こちらが勝手に処分するわけにもいかないし、女房に始末を聞くのも気が進まないんですよ」

そう言ってお勝が軽く唸《うな》ると、

「どうなるかわからねぇが、お勝さんがそう口にしていたことは、佐藤様に伝えておくよ」

「ひとつよろしく」

お勝は、両手を合わせて作造を拝《おが》んだ。

江戸橋《えどばし》を渡って日本橋川《にほんばしがわ》を越えたお勝は、楓川《もみじがわ》に架かる海賊橋《かいぞくばし》を渡って南茅場町《みなみかやばちょう》へと足を向けていた。

昨日の朝、捕縛した顛末を聞かせてくれた目明かしの作造に、宗次の預かり証文の始末に困っていると打ち明けると、

「おれが立ち会いのうえで、お勝さんを宗次に会わせてやるよ」

今日になってやってきた佐藤の使いが、言付かった文言をお勝に伝えたのである。

お勝は、『岩木屋』の吉之助の許しを得て、日本橋川南岸の茅場河岸《かやばがし》にある大番屋へ向かっている。

大番屋とは、審理前の咎人《とがにん》や小伝馬町の牢屋敷に収容する余地がないとき、一時、勾留《こうりゅう》する場所であり、江戸に数か所あった。

大番屋を訪ねて、「南町奉行所同心の佐藤様をお訪ねした」と申し出ると、すぐに現れた佐藤に案内されて牢屋《ろうや》に行き、牢屋格子《ろうやごうし》の中に座らされた宗次と向かい合った。

を窺う。

「ええと、あなた様は」

お勝を見た宗次は、お店者《たなもの》らしい物言いをしたが、戸惑ったように佐藤の様子

「お前、このお人に覚えはないのか」

佐藤に聞かれても、

「へぇ」

と、宗次は首を捻る。

「半年も前に会っただけだから覚えてなんかいないでしょうけど、根津権現門前町の『岩木屋』という質屋の番頭ですよ」

「質屋なら、何軒か知ってますが」

「黒漆金蒔絵《くろうるしきんまきえ》の文箱を十五両でお預かりしております」

お勝はそう言うと、預かり証文を宗次の眼の前に掲《かか》げてみせた。

「あぁ、あの。根津権現社近くの」

そう言うと、宗次はひょいと頭を下げた。

「預かった質草の預かり期限が、この通り、二日後の十日でして。請け出すか流すか、預かり証文に名を記したお前さんの思いを聞きに来たんですよ」

お勝が静かに問いかけると、

「あたしにはもう、一文も持ち合わせがありません。『野島屋』から持ち出した品々をあちこちの質屋で金に換えましたが、それはみんな、あざみに渡してしまった。お父っつぁんの薬代がない、妹が女衒《ぜげん》に売られそうだ、紋日《もんび》には新しい着物が欲しいと、言われるままに用立てた金は締めて六十三両ですよ」

そこではぁと息を継《つ》いだ宗次は、

「鬼の女房と姑《しゅうとめ》から逃げ出して、年季の明ける女と所帯を持つつもりだったんですよ。女房から逃げさえすれば、あとは安らげると思っていたのに――『花菱』のあざみは、とんだ鬼薊《おにあざみ》だったんですよ」

吐き捨てるように口にすると、下唇を嚙んだ。

「お前には酷なことを言うが、あざみに注ぎ込んだ六十両以上の金の八割方を、『花菱』の主人夫婦はあざみからむしり取っていたんだぜ」

「ええっ！」

悲鳴のような声を発して、宗次は佐藤を見た。

「お前はどうやら、鬼ばかりに囲まれていたようだなぁ」

佐藤がしみじみと口にすると、

した。

「ちきしょう」

と声を掠《かす》れさせた宗次は項垂《うなだ》れて、くくくと、絞り出すような泣き声を洩らした。

大番屋からの帰り、お勝は茅場河岸から鎧《よろい》の渡《わた》しの舟に乗って日本橋川を横切り、小網町《こあみちょう》へと渡った。

根津権現門前町の『岩木屋』に戻る前に、通り道にある神田松下町の『野島屋』に立ち寄ることにしたのである。

「宗次は楼主に怪我《けが》させただけだから、死罪ということはあるまい。重くて遠島だが、江戸払《えどばら》いで済むかもしれない」

大番屋からの帰り際、佐藤から耳打ちされたことを、知らせておこうと思いついたのだった。

「ごめんなさいまし」

『野島屋』の店の中に足を踏み入れたお勝が声を掛けると、思いのほか早く、たまきが奥から出てきたが、

「何か」

と、冷ややかな物言いを向けられた。

お勝は、今日大番屋に行って、捕まった宗次と対面をして、預かっている質草の始末について話をしてきたのだと告げたのだが、たまきからは言葉ひとつ返ってこなかった。

「預かっている黒漆金蒔絵の文箱は、宗次さんは流すということでしたが、それでよろしいですね」

お勝が念を入れると、

「あの男の不始末の尻拭《しりぬぐ》いなんか、誰がするもんですか」

たまきからは、すげない言葉が飛び出し、さらに、

「宗次とは離縁することに決めましたから、今後一切関わりはないものと思ってください。あの質草くらい、流れてしまっても痛くもかゆくもないんです。もっといい道具を手に入れればいいだけのことですからね」

そう言って胸をそびやかしたたまきは、

「この家と土地があれば、『野島屋』の婿のなり手はいくらでもいますよ。婿というものは、商売道具と同じで、いつでもいくらでも替えが利くもんでしてね」

たまきの、世間を舐《な》めきったような物言いに、一言何か言ってやりたかったが、

言葉が見つからず、

「なるほど」

と、曖昧《あいまい》な言葉を洩らしただけで、お勝は表へ飛び出した。

宗次が遠島か江戸払いの処罰を受けるだろうということを言い忘れたが、知らせたところで、たまきはなんの感慨も抱くまい。

「婿というものは、商売道具と同じで、いつでもいくらでも替えが利くもんでしてね」

そんなことを口にするたまきの妙な自信には到底太刀打《たちう》ちできない——腹の中で呟いたお勝が『野島屋』を振り向くと、鬼の棲《す》む家が冬の日を浴びていた。

第四話　ゆめのはなし

一

根津権現門前町一帯に朝から降っていた雨は、昼の八つ（午後二時頃）過ぎに止《や》んだ。

お勝はこの日、いつも通り七つ半（午後五時頃）に質舗『岩木屋』の勤めを終えて帰途に就《つ》いていた。

十月も半ばになると、朝晩はさすがに冷える。

秋から冬に季節が変わる時分は、夏や秋に使っていた蚊帳《かや》や着物などを質屋に預けて、炬燵《こたつ》や火鉢《ひばち》などを請《う》け出す客で混み合うのだが、お勝が番頭を務《つと》める『岩木屋』も、十月も半ばともなると、それも収まりを見せた。

主《あるじ》の吉之助をはじめ、蔵番の茂平ら男の奉公人が仕事の合間に顔を合わせて口の端《は》に上らせるのは、もっぱら、近々始まる大相撲《おおずもう》のことや紅葉見物のことである。

「品川の海晏寺《かいあんじ》もいいが、向こうで酒でも飲んだら、帰りが億劫《おっくう》になる」

という声も出て、

「仕方ねぇ。上野山内《うえのさんない》で我慢しよう」

と、いつもたいがい、近場での見物に落ち着く。

しかし、

「下谷の正燈寺《しょうとうじ》で紅葉《もみじ》を愛《め》で、その足で吉原《よしわら》へ繰り込んでみたいもんだ」

車曳《くるまひ》きの弥太郎はいつもそんな思いを口にするが、お勝は、それが叶《かな》ったという話を聞いた覚えはなかった。

「ただいま帰ったよ」

夜の帳《とばり》に包まれ始めた『ごんげん長屋』の井戸端《いどばた》を通り過ぎて、お勝は家の戸を開けた。

「お帰り」

返事をしたのは、並べられた四つの箱膳《はこぜん》に料理などを手分けして並べていたお琴、幸助、お妙である。

行灯《あんどん》の明かりに照らされた板の間には、お勝が帰ってくる刻限を見計らったように夕餉《ゆうげ》の支度が整えられつつあった。

土間の流しで手を洗ったお勝が、帯に下げた手拭《てぬぐ》いで手を拭《ふ》きながら幸助の横に着くと、

「いただきます」

声を上げた。

「いただきます」

三人の子供たちも声を揃《そろ》えると、一斉に箸《はし》を取って食べ始める。

「ほう、今日の炒《い》り豆腐《どうふ》も美味《おい》しそうじゃないか」

伸ばしかけた箸を止めて、お勝が思わず口にすると、

「美味《うま》いよ」

口を利《き》いたのは、幸助である。

お琴が作ったと思《おぼ》しき炒り豆腐は、葱《ねぎ》と蓮根《れんこん》の薄切りと椎茸《しいたけ》を炒《いた》めて豆腐で炒《い》った逸品《いっぴん》で、向かいに住むお六から教えられたものだと聞いている。

『ごんげん長屋』の住人から教わった料理を手の内にして膳に並べるお琴の腕には、お勝も感心していた。

「あ、そうだ。日暮れ前、井戸端でアサリを洗ってたら、貸本屋の与之吉さんが、

おっ母さんに相談したいことがあるって言ってたよ」

お琴が、アサリの味噌椀《みそわん》を手にしたまま、そう述べた。

「ふぅん、なんだろう」

お勝が呟《つぶや》いて首を傾《かし》げると、

「夫婦別れの相談だよ」

幸助がさらりと口にした。

「あ。幸ちゃんがそう言ったって、与之吉さんに言ってやる」

「馬鹿、やめろっ」

慌《あわ》てた幸助が睨《にら》みつけると、お妙は不敵に「ふふふ」と笑って、大根の漬物《つけもの》をガリッと嚙《か》んだ。


『ごんげん長屋』は、すっかり夜の帳に包まれている。

寝るには早い六つ半（午後七時頃）という頃おいの路地には、家の中で灯《とも》る明かりが洩《も》れ出ている。暗い家も何軒かあるが、それらは独り者の庄次、鶴太郎の家だから、仕事帰りに飲み屋にでも立ち寄ったものか、湯屋に出掛けているのかもしれない。

夕餉の片付けが終わったあと、お勝は、路地を挟んで斜向《はすむ》かいにある与之吉とお志麻夫婦の家の戸口に立った。

「与之吉さん、勝だけど」

声を掛けるとすぐに戸が開いて、

「どうぞ、上がってください」

土間に立ったお志麻が、先にお勝を板の間に上げると、その後自分も板の間に上がって、与之吉の横に膝《ひざ》を揃えて茶の支度を始めた。

「さっき、与之吉さんが相談があるというようなことを、お琴から聞いたもんだから」

「へぇ。誰に話せばいいのか思案したんだが、土地の目明かしに話せば大ごとだし、かといって大家の伝兵衛さんじゃ、埒《らち》が明かないんじゃねぇかなんてお志麻が言うもんだから」

与之吉の話に小さく相槌《あいづち》を打ったお志麻は、鉄瓶《てつびん》の湯を土瓶《どびん》に注ぐ。

「その、話というのは――？」

与之吉の口から目明かしという言葉が出たことで、お勝はつい声を低めてしまった。

「今日みてぇに朝から雨の日は、貸本を詰めた行李《こうり》を背負って歩くのは難儀だから、家に籠《こ》もって、傷《いた》めてしまった本の修繕をすることにしてるんですよ」

「あぁ。そのことは以前にも聞いたね」

お勝は軽く頷《うなず》いた。

「今日も朝から、破けたところが本の間に挟んであれば、貼っつけたり、綴《と》じ込みの糸が切れたり緩《ゆる》んだりしてたら、紐《ひも》を替えたり締め直したりしてるんだよ」

最後は声を低めた与之吉に、お勝はただ、頷きを返した。

すると与之吉は、脇に置いていたふたつの行李のひとつから一冊の本を取り出して、お勝の眼の前で開く。

「これは、何年も前から人気の『東海道中膝栗毛《とうかいどうちゅうひざくりげ》』って続き物の本の第五編なんだが」

そう述べた与之吉は、とある個所《かしょ》を開いてお勝の前に置くと、

「これなんだがね」

挿絵《さしえ》の余白の部分を指でさした。

「ここに、『たすけて』と、書き込まれてたんですよ」

与之吉が言う通り、本の文字とは大きさも形も違う稚拙《ちせつ》な字で、『たすけて』

という書き込みがあった。

「どうぞ」

お志麻が、お勝と与之吉の傍《そば》に湯呑《ゆのみ》を置いた。

それには構わず、与之吉は、

「これが初めてなら、ただの悪戯《いたずら》だと思うしかないが、これで二度目なんですよ」

と、声をひそめたのだ。

「二度目って」

お勝が訝《いぶか》るように呟くと、

「そうなんですよ」

お志麻が与之吉の隣で頷いた。

「最初に書き込みがあったのは、半月前で、『浮世風呂《うきよぶろ》』っていうその本はもう仕入れ先に返しましたが、本の一か所に、おんなじ文字で『たすけて』とあったんですよ」

与之吉の話に、お勝はどう答えていいか、見当もつかない。

「お志麻に聞くと、『たすけて』のこの文字は、女の手じゃないかと言うんですがね」

与之吉の言葉に、お勝は開かれた本に顔を近づける。

「お勝さん、どう見ます？」

お志麻がお勝の顔を覗《のぞ》き込んだ。

「わたしも、女文字のように見えるよ。それも、あんまり書き慣れてない娘か、習いたての子供の筆かもしれないねぇ」

「えぇ」

小さく相槌を打ったお志麻は、

「与之さんがひどく気にするもんですから、本を貸したところに訪ねていって、誰が書き込んだのか、聞いてみたらいいじゃないかと言ったんですよ。その方が、悪戯かどうかもはっきりするだろうって」

「それじゃ、貸した先がどこか、わかるものなのかい」

お勝は、お志麻の話を聞くと、与之吉に眼を向けた。

「さっきまで、そのことにちゃんと気が行かなかったが、言われてみりゃあその通りだよ。半月くらい前の帳面と、一番新しい帳面を突き合わせてみれば、本の貸出先はわかるはずだよ」

独り言のように呟いた与之吉は、天を仰《あお》ぐと何度も頷き、

「よし。とにかく、それを調べることにしますよ」

お勝に顔を向けて、小さな笑みを浮かべた。


十月になってから、江戸の町々では旅の者たちをよく見かけるようになった。

その多くは米の刈り取りを終えた農民たちで、何人か連れ立って方々から江戸見物へとやってくる様子は、この時季よく見られる光景だった。

江戸を目的地にしているだけではなく、伊勢参《いせまい》りの行き帰りに立ち寄る者たちも多いと聞く。

江戸見物の旅人がよく訪れるのは、浅草寺《せんそうじ》、深川八幡《ふかがわはちまん》という名のある社寺で、その中でも一番の人気が高輪《たかなわ》の泉岳寺《せんがくじ》ということである。

その他、芝居小屋での観劇、日本橋の越後屋《えちごや》、白木屋《しろきや》などの呉服屋を目当てにしていた。

旅人の多くは、江戸城をはじめ、江戸府内《ふない》の名所旧跡《めいしよきゆうせき》や盛り場などを双六《すごろく》の体《てい》にした『御府内流行名物案内双六《ごふないりゆうこうめいぶつあんないすごろく》』なるものを買い求め、それを頼りに江戸を見て回るのである。

根津権現門前町の『岩木屋』の周辺でも、江戸見物の旅人の姿がぽつぽつと見受けられた。

東には上野東叡山に連《つら》なる谷中の寺町もあり、南には加賀前田家《かがまえだけ》、水戸徳川家などの屋敷群も見られたから、根津権現の境内《けいだい》を通り抜ける者たちがいてもおかしくはなかった。

いつも通り、五つ（午前八時頃）に店を開けた『岩木屋』だが、一刻（約二時間）経《た》っても一向に客足は伸びなかった。

帳場机に着いたお勝は、これ幸いと算盤《そろばん》を弾《はじ》いて、帳面の金勘定《かねかんじょう》に没頭《ぼっとう》している。

「『岩木屋』さん、道普請《みちぶしん》かね」

表から年の行った男の声がすると、

「昨日の雨で水が溜《た》まってたんで、穴ぼこを埋めておこうと思いまして」

返事をする慶三の声がした。

道が乾《かわ》くと、多くの人の往来で砂埃《すなぼこり》が立ち、近隣の家々は流れ込む砂に往生《おうじょう》するし、道がぬかるめば泥水《どろみず》が撥《は》ねて、出入り口の戸や家の壁にこびりつくことになる。

慶三はそれを防ごうと、先刻から『岩木屋』の空き地に積んであった砂利《じゃり》と砂を持ち出して、道の窪《くぼ》みを埋めていたのである。

「お勝さんはおいでだろうか」

聞き覚えのあるお志麻の声に、

「へい」

慶三の答える声がして戸が開くと、

「番頭さん、『ごんげん長屋』のお志麻さんです」

顔だけ突き入れた慶三がお勝に告げると、お志麻を土間の中に通してすぐ戸を閉めた。

「足袋《たび》の『弥勒屋』さんに行ったもんですから、足を延ばしてきましたよ」

お志麻はお勝に、笑みを向けた。

「まぁ、火鉢の傍にお掛けなさいよ」

帳場を立ったお勝は、お志麻が腰を掛けた框《かまち》近くにある火鉢の傍に膝を揃えた。

「何ごとです」

「いえね、昨夜お勝さんが帰ってから、与之さんが押し入れの中から帳面を引っ張り出して、本の貸出先を調べ始めたんですよ」

お志麻はそう切り出すと、『たすけて』と書き込みのあった、『東海道中膝栗毛』

と『浮世風呂』の貸出先がわかったと言葉を続けた。

「それで」

お勝は思わず身を乗り出した。

「日本橋室町《むろまち》三丁目の両替商『天王寺屋《てんのうじや》』なんですよ」

「両替商なら、きっと大店《おおだな》だね」

「けど、与之さんが言うには、大きく金銀を扱うお店と違って、『天王寺屋』は主に銭を扱う銭両替商《ぜにりようがえしよう》だそうです」

「あぁ」

両替商にも違いがあって、規模の大小があることはお勝も知っていた。

「銭両替とはいっても、室町の『天王寺屋』は、二十人の奉公人と、台所女中を含めて七、八人の住み込み女中がいるということですから、中どころのお店のようです」

お志麻は、与之吉から聞いた話をお勝に伝える。

貸本屋を生業《なりわい》にしている与之吉は、誰もが入れそうもないところに出入りしている。

普段、めったに外に出られない武家屋敷勤めの女たちや、お店で住み込み奉公をしている女中たちだけではなく、廓《くるわ》の遊女たちの楽しみのひとつが貸本だということは、前々から耳にしていた。

字が読めない者は、読める朋輩《ほうばい》の声を聞いて本の内容を知ることができるから楽しみは分かち合えた。

『天王寺屋』でも、住み込みの女中たちが定期的に本を借りて、回し読みをしたり読んでやったりしているらしいと話したお志麻は、

「与之さんは今日『天王寺屋』に行って、書き込みのことを確かめると言って家を出ていきましたよ」

と、お勝に告げた。

二

『ごんげん長屋』の井戸端は、路地に洩れ出ている家の明かりや表通りからのほのかな明かりで、水仕事をするのに障《さわ》りはなかった。

井戸の周りに腰を屈《かが》めて、お勝とお志麻とお六は明日の朝餉の支度に取り掛かっており、お富とお啓は空になった釜《かま》と鍋《なべ》などを洗っている。

井戸の閉まる音がして、湯桶《ゆおけ》を抱えた藤七と彦次郎が路地の奥から現れ、井戸端

を通りかかった。

「これから、湯屋かい」

お啓が声を掛けると、

「そうなんだよ」

彦次郎から返事があった。

「湯冷めしないようにね」

年若のお富が年長の二人に母親のような物言いをすると、

「冷えそうになったら『つつ井』で燗酒《かんざけ》を浴びるさ」

豪気《ごうき》な声を飛ばした七十の藤七は、女たちの「行っといで」の声を背中で受けて、五十代半ばの彦次郎と並んで表へと足を向けた。

その直後、

「おぉ、今かい」

藤七の声に、

「へぇ」

と答える声がして、大きな風呂敷《ふろしき》に包んだ二段重ねの行李を背負った与之吉が井戸端に現れた。

「お帰り」

女たちから声が掛かると、

「こりゃ、皆さん」

与之吉はそれに応《こた》えて足を止めた。

お志麻はすぐに与之吉の袖《そで》を摑《つか》んで、脇の方に誘い、

「それで室町の『天王寺屋』には行ったのかい」

小声で尋ねた。

「行くには行ったが、八人の女中の一人一人に聞いてくれた女中頭《じょちゅうがしら》が言うには、本に字を書き込んだ者はいねぇそうだ」

与之吉は声をひそめたつもりだったようだが、聞き咎《とが》めたお六が、

「いったい、なんの話だね」

米を研《と》ぐ手を止めて、お志麻と与之吉の方に顔を向けた。

「それがね」

そう口にした与之吉は、貸した本に『たすけて』という書き込みがあったことを打ち明けて、昨夜、お勝と話し合った経緯《いきさつ》を井戸端にいた女たちにも大まかに告げた。

「それは、与之吉さんの気を引きたい女がそっと書き残したんだよ」

お富は密《ひそ》やかに口にしたが、

「誰が書いたかわからないんじゃ、気の引きようがないじゃないか」

そう言い返したお啓が、

「それとも与之吉さんは、そんな女に心当たりがおありかい？」

と話を振った。

「ありませんよ」

与之吉は真顔で首を捻《ひね》った。

「ほらね」

お啓がそう言うと、お富は「そりゃそうか」と自分の前言を打ち消す。

「助けてなんて、思いつめたことを書くのに、自分の名も宛名もなしに本に残しはしないんじゃないかねぇ」

お六が自分の考えを口にすると、お啓とお富から、「そうだね」とか「そうだよ。悪戯に違いないよ」という声が発せられ、お勝も次第に、『たすけて』の書き込みに、大した仔細《しさい》などないのではないかと思えてきた。

一昨日《おととい》と昨日、冷たい北風が吹き荒れたが、この日の夜明け前にはすっかり収まっていた。

与之吉が室町の『天王寺屋』を訪ねたものの、なんの収穫もなかったと語った日から三日が経った十月十七日の午後である。

『岩木屋』の台所の板の間に切られた囲炉裏《いろり》の傍で、お勝は主の吉之助とともに、お民が淹《い》れてくれた茶を飲みながら、二日ばかり続いた北風のことに話は及んでいた。

「今朝来るときも、表通りや小道にも枯れ葉が積もっていて、町内の若い衆がかき集めてましたからねぇ」

お勝は、『ごんげん長屋』を出てから、道々見かけた様子を語ったが、風に飛ばされた木の葉が落ちていたのは『岩木屋』の表も同じで、店を開ける前に奉公人総出の落ち葉集めをしたのである。

「根津権現に聳《そび》えてる銀杏《いちょう》やらなんやらの木の葉が、この辺にまで吹き飛ばされてきますから大ごとですよ」

「お民さん、そんなことを言うと、権現様に悪いよ。紅葉見物に来る人のおかげで境内の茶店も近くの食べ物屋も儲《もう》けさせてもらってるんだからさ」

吉之助からやんわりと意見されたお民は、

「そりゃ、とんでもないことを申しまして、しおらしく頭を下げた。

根津権現社のある方に体を向けて、しおらしく頭を下げた。


吉之助が言うように、境内の木々の葉が色づいて、根津権現社を訪れる人の数が増えてきている。

二十日の恵比須講《えびすこう》の頃には、さらに紅葉見物に訪れる人が増えるだろう。

「番頭さん」

帳場の方から廊下伝いに現れた慶三は、

「店にお琴ちゃんが来たから台所に回るように言ったら、おっ母さんに出てきてほしいとのことでして」

と、小さく苦笑いを浮かべた。

「わたしは腰を上げますから、慶三さんはこのままお茶をご馳走《ちそう》になんなさいよ」

お勝が空の湯吞を置いてそう言うと、

「そうおし」

吉之助にも勧められた慶三は、

「お言葉に甘えまして」

囲炉裏の傍に腰を下ろした。

台所から廊下を通ったお勝が帳場に出ると、いくらか困ったような面持《おもも》ちをしたお琴が、土間の戸口の近くに立っていた。

「どうしたんだい」

お勝が問いかけると、お琴は腰高障子《こしだかしょうじ》を少し開けて、

「中に入ってください」

と、外に声を掛けた。

すると、前掛けをした商家の奉公人のような十六、七くらいの娘が、小さな風呂敷包みを小脇に抱えて土間に入ってきた。

「この人がさっき、貸本屋の与之吉さんを訪ねて『ごんげん長屋』に見えたけど、与之吉さんもお志麻さんもいないし、大家の伝兵衛さんも留守だったから、ここに」

お琴は、困惑した様子でお勝に事情を話した。

「貸本屋の与之吉さんに借りた本のことで、会いに立ち寄りました」

娘は、やや強張《こわば》った面持ちで口を開いた。

「もしかして、室町の『天王寺屋』って両替屋の？」

そんな言葉がお勝の口を衝《つ》いて出ると、

「わたしは、りょうといいます」

「間違ってたらごめんなさいよ。ひょっとして、与之吉さんの本に『たすけて』と書き込みをしたのは――」

お勝の問いに、りょうと名乗った娘は小さく頷くと、

「三日ほど前、『天王寺屋』に与之吉さんが来て、本に書き込みをした人がいないか捜してるって女中頭のおかやさんから聞いたときは、どうしても名乗り出ることができなくて」

声を落として軽く顔を俯《うつむ》けたが、すぐに思い切って顔を上げたおりょうは、

「今日、谷中にある『天王寺屋』の親戚筋の家に届け物をするよう言いつかったものですから、貸本屋の与之吉さんに会って、書き込んだのはわたしだと言うつもりで訪ねたのです」

筋道を立てて話した。

「改めて聞きますが、あの書き込みには、何か仔細があるんだね」

お勝が尋ねると、思いつめた顔をしたおりょうが、小さくゆっくりと頷いた。

根津権現門前町の自身番の障子に日が射《さ》して、三畳の畳の間を照らしている。日はわずかに西に傾《かたむ》いているが、夕刻まではまだだいぶ間がある刻限である。

お勝とおりょうは、目明かしの作造の前に並んで膝を揃えていた。

おりょうを伴《ともな》って現れたお琴を『ごんげん長屋』に帰すと、おりょうから聞いた仔細を作造に伝えるべく、お勝は主の吉之助に断りを入れて自身番に向かったのである。

「このおりょうさんは、二年くらい前まで、尾張町《おわりちょう》一丁目の茶問屋『宝珠堂《ほうじゅどう》』で住み込みの台所女中をしていたそうです」

お勝が作造に話を切り出すと、おりょうは小さく相槌を打った。

「二年前の秋の初め頃と言いますから、七月頃だと思いますが、茶問屋の『宝珠堂』に、年の頃二十代半ばの、お吉《きち》と名乗る女が、口入れ屋《くちいれや》を通して住み込み奉公に入ったそうなんですよ」

お勝は、おりょうから聞いた一件を話し始めた。

そのお吉が住み込み奉公に入ってから半月ほどが経ったある夜、『宝珠堂』に押し込みが入り、蔵にあった三百両を奪われたうえに、住み込みの手代と小僧の二人が押し込みに斬り殺されるという事件に、おりょうは遭遇《そうぐう》したのだった。

「おりょうさんは咄嗟《とっさ》に厠《かわや》に身を隠して、幸いなことに怪我《けが》ひとつなかったそうなんですが、不思議なことに、その日を境に『宝珠堂』からお吉と名乗った女中の姿が消えたと言うんですよ」

お勝の言葉に、おりょうはまた小さく相槌を打つ。

調べに当たった奉行所の同心や目明かしたちの話によれば、住み込み奉公に入ったお吉という女中は、押し込みの一味だったのではないかと疑われた。

押し込みに入る家に、あらかじめ奉公人として潜《もぐ》り込み、押し込みの当夜、中から戸を開けて仲間を引き入れるのがお吉の役目だったに違いないというのが、調べに当たった当時の役人たちの見解だったのだ。

茶問屋の『宝珠堂』は、その後廃業したため、おりょうは、いくつか仕事を変えながら食いつなぎ、馴染《なじ》みの口入れ屋の斡旋《あっせん》で『天王寺屋』の住み込み女中となり、それから一年半ばかりが経っていた。

「そんななか、ひと月前の九月の中頃、口入れ屋の口利《くちき》きで、『天王寺屋』に新しい住み込みの女中が雇い入れられたと言うんです」

お勝が口を開くと、

「名をお蝶《ちょう》さんというその人を、前にどこかで見たような気がしてたけど、半月の間、ずっと思い出せなかったんです」

話を引き継《つ》いだおりょうが、思い出したのは半月も経ってからのことだったと述べた。

台所仕事や洗濯、掃除などの雑事をするおりょうは、主一家の用事を言いつけられたり配膳《はいぜん》などをこなしたりするお蝶とは寝間が別で、顔を合わせることもめったになく、話をする折もなかった。

半月ほど前、年の近い台所女中と湯屋に行ったおりょうは、洗い場で体を洗うお蝶の左の二の腕に、三、四寸（約九から十二センチ）ばかりの火傷《やけど》の痕《あと》を見たのである。

「わたし、おんなじような火傷の痕を、『宝珠堂』でも見たことがあったんです」

気負い込んで前のめりになったおりょうは、茶問屋の『宝珠堂』に新しく住み込みになったお吉が、茶箱を蔵に運ぼうと、左の袖を思い切りまくり上げたとき、二の腕にある火傷の痕を見ていたのだと告げ、さらに、

「あのときのお吉さんが、お蝶と名乗って『天王寺屋』に現れて、息が詰まる思いがしました。また二年前と同じように、盗賊の手引きをするんじゃないかと思ったら、なんとかしなければと思って、借りた本に『たすけて』と書いてみたん

です」

と、心中を打ち明けた。

「だが、借りた本に書いたところで、『ごんげん長屋』の与之吉がなんとも思わなかったら、どうにもならないんだぜ」

作造の物言いは、困惑しているだけで、特段責めているような響きではなかった。

「それよりも、『天王寺屋』の番頭に話すとか、近くの自身番に駆け込んで話をすれば、ことは早く済んだんだよ」

作造の言い分に頷いたものの、小さく唇《くちびる》を噛んだおりょうは顔を伏せ、

「番頭さんや女中頭のおかやさんに話そうかとも思ったけど、もしお蝶さんに聞かれたらどうしようと、怖くなりました」

「自身番に行こうとは思わなかったのかい」

お勝が穏やかに問いかけると、

「自身番は、怖いところですから」

おりょうは消え入るような声で答えた。

「そんなことは」

作造が思わず口を挟んだのだが、

「わたしが小さい時分、うちの近所をよく歩く灰買《はいが》いのおじさんがいました」

顔を上げたおりょうは、言葉で作造の話を止めた。

おりょうが見知っていた灰買いが、あるとき、近所で頻発《ひんぱつ》していた盗みの疑いをかけられて自身番に押し込められ、目明かしや下っ引きたちから厳しい詮議《せんぎ》を受けたという。

ところが、翌日になって盗みの張本人は、盗まれたと訴え出ていた商家の倅《せがれ》だったとわかり、詮議されていた灰買いは放免となったのだが、自身番の中で痛めつけられたものか、片足を引きずって帰ってきた。

「その灰買いのおじさんは、その後も町を歩いていましたけど、わたしが町を出ていく時分まで、ずっと片足を引きずったままでした」

おりょうの話に、お勝も作造も、言うべき言葉がなかった。

「住み込み奉公をしてると、同じ部屋で寝る仲間から世間の面白い話も聞きますけど、自身番は恐ろしいって話も聞いたことがあるので」

「というと」

「女が変に訴え出たりすると、自身番の中で身ぐるみ剝《は》がされるって」

おりょうは、お勝に低い声で返答すると、再び顔を伏せた。

「まぁ、中にはそんな連中もいるだろうけど、おりょうさん、この作造さんにかぎっては、そんなあくどいお人じゃないから心配いらないよ」

お勝の穏やかな声音《こわね》に安堵《あんど》したのか、おりょうは作造に向かって詫《わ》びるように頭を下げた。

「お勝さん、おれはこの話を佐藤様に伝えるよ」

「それがいいね」

そう返事したお勝が、佐藤様というのは南町奉行所の同心だということを打ち明けると、おりょうは眼を丸くして大きく頷いた。

「佐藤様には昔の記録から『宝珠堂』の押し込みの顚末《てんまつ》を調べてもらうことにするから、お前さんはこれから『天王寺屋』に戻っても、ここで話したことは誰にも話しちゃいけねぇよ」

「はい」

小さい声ながら、おりょうは作造に向かってきっぱりと応えた。

「わたしはこのままおりょうさんを『天王寺屋』まで送り届けますから、親分にはその旨《むね》を『岩木屋』に話しておいてもらいたいんですが」

「まかせてもらいましょう」

作造は、お勝の頼みを請け合ってくれた。

三

日が暮れて半刻《はんとき》（約一時間）ほどが経った『ごんげん長屋』は静まり返っている。

長屋の敷地の一角に一人で住んでいる大家の伝兵衛の家に、この夜、数名の者が集まっていた。

伝兵衛をはじめ、南町奉行所同心の佐藤利兵衛、目明かしの作造とその下っ引きの久助、それに店子《たなこ》の与之吉とお勝が、鉄瓶の載った長火鉢《ながひばち》を取り囲んでいた。

室町の両替商『天王寺屋』の女中のおりょうが『ごんげん長屋』の与之吉を訪ねてきた日から三日が過ぎた、恵比須講の夜である。

三日前の十七日、お勝はおりょうと連れ立って目明かしの作造に会い、与之吉の本に『たすけて』と書き込んだおりょうの真意を伝えていたのだ。

二年前に起きた茶問屋『宝珠堂』の押し込みに関する一件を作造から聞いた南町奉行所の同心、佐藤利兵衛は、おりょうと関わった与之吉とお勝も同席させた。

本来なら自身番に集まるべきところなのだが、根津権現門前町の自身番には喧《けん》嘩《か》騒ぎを起こした二人の酔っ払いが板張りの鉄の輪に繋《つな》がれているため、急《きゅう》遽《きょ》、伝兵衛の家の居間を借り受けることになったのである。

「作造から聞いて記録を繙《ひもと》いたところ、二年前、たしかに、尾張町の茶問屋『宝珠堂』に押し込みが入って、死人が出たことも記されていたよ」

佐藤は、お勝と伝兵衛が少し前に淹れて配った茶に口をつけてから、おもむろにそう述べると、

「そのうえ、押し込みの半月前に住み込み奉公に入ったお吉という女が、押し込みのあった夜から行方をくらませたということも書いてあったから、『天王寺屋』のおりょうという女中がお勝さんや作造に話したことは事実と思ってよい」

とも断じて、頷いてみせた。

「それで、ひと月前、住み込みの女中として『天王寺屋』に入り込んだお蝶という女を斡旋した口入れ屋から聞いて、身元を保証する請《う》け人《にん》に会いに行ったんですが、その場所に人は住んでおらず、書付に記されていた請け人の名もお蝶の住まいも、まったくの偽《いつわ》りでした」

佐藤に続いて話をした作造は、

「おりょうが話した通り、『天王寺屋』に現れたお蝶って女は『宝珠堂』に入り込んだお吉と名乗っていた女と見て間違いなさそうです」

と話を結んだ。

「それはつまり、押し込みの手引きをするために――」

最後まで言葉にしなかった与之吉が、恐る恐る佐藤や作造の顔を窺《うかが》うと、

「そう見ていいだろう」

佐藤から、確信した答えが与之吉に返ってきた。

「そのことは、奉行所から『天王寺屋』さんへ知らせておいでなのでしょうか」

お勝が丁寧《ていねい》に問いかけた。

「いや、せっかくの好機だ。盗賊一味を捕らえるためにも、おりょうから聞いた話の一切は、『天王寺屋』にはまだ洩らさぬ方がよい。したがって、調べていることも、いよいよというまでは黙っておくつもりだ」

佐藤の返事は、もっともなことだった。

「お勝さん、よかったじゃありませんか」

「え」

お勝は、作造から掛けられた言葉の意味がわからず、戸惑った。

「ほら、三日前、おりょうさんが持ち込んだ話を自身番で聞いた日だよ」

「えぇ」

お勝は、作造が口にした日のことはよく覚えている。

与之吉から借りた本に『たすけて』と書き込んだのは自分だと告げに来たおりょうから、お蝶と名乗って『天王寺屋』の住み込み女中になった女が、二年前に起きた『宝珠堂』の押し込みの際に、盗賊の手引きをした女だったと聞かされたのだ。

「帰りが遅くなったわけをなんと言えばいいのかな」

おりょうが不安げに洩らした言葉を聞いたお勝は、『天王寺屋』に送っていき、帰りが遅くなったわけを口添えしてやることにしたのだ。

『天王寺屋』に送り届けた際、お勝は女中頭のおかやに、道に迷っていた女中を見つけたので連れてきたということにした。

「何しろ今時分は、紅葉の見頃が近く、谷中や根津界隈《かいわい》は人で混み合っているうえに、似たような坂道や小路《こうじ》がありますから、初めて来たお人はよく道に迷われるようでして」

そんな偽りを口にしてすぐ、お勝は『天王寺屋』を辞去《じきょ》していた。

「そのことは、翌日お勝さんから打ち明けられていたから、今のところ、おれらが動いてることは、『天王寺屋』には知られちゃいないということですよ」

「それじゃ、たまに嘘《うそ》をついても罰当《ばちあ》たりにはならないってことですね」

お勝がそう言うと、

「そういうことだ」

作造は苦笑いを浮かべた。

「二年前の『宝珠堂』への押し込みは、お吉と名乗った女中が口入れ屋の口利きで住み込みに入ってから、半月あまりで起きたな」

佐藤が思案げに言葉を吐くと、

「さようで」

作造は、丁寧に頭《こうべ》を垂れた。

「『天王寺屋』にお蝶という女中が入り込んだのが、およそひと月前」

「はい」

作造は、佐藤の呟きに即座に答えた。

「人に七癖《ななくせ》ってもんがあるように、それぞれの盗賊にもそれなりの癖ってもんがあってな、ついつい同じような手口で盗み働きをしてしまうってことを考えると、お蝶が仲間の手引きをするのも、そろそろだと思っていい」

そう言うと、佐藤は胸の前で組んでいた腕を解き、

「それを事前に知るためには、住み込み女中のおりょうから『天王寺屋』にいるお蝶の動きなどを知らせてもらわなければ、我らは手が打てぬ」

「ですが佐藤様、盗賊のことではおりょうさんはすっかり怯《おび》えていまして、見張りなど務まるとは思えませんが」

お勝がやんわりと異を挟むと、

「お勝さんの言う通り、怯えがありますと、お蝶がおりょうの挙動に不審を抱く恐れもございますので、しばらく『天王寺屋』から避難させて、我らの意を汲《く》んだ身代わりの女を女中として住み込ませてはいかがかと」

作造の意見に軽く唸《うな》った佐藤は、

「そのときは、ことの仔細を『天王寺屋』には打ち明けねばならぬな」

と、厳しい顔つきをした。

「作造親分、その身代わりの女中というのはいったい」

与之吉が静かに口を利くと、

「おれは、普段、質屋に押しかけるややこしい客を相手にしているお勝さんなら、

度胸も備わってるからうってつけだと思うんだがね」

作造はお勝の方に顔を向けた。

「しかし、それでは『岩木屋』さんの商《あきな》いの障りになりはしませんか」

控えめに口を挟んだのは、伝兵衛である。

「たしかに伝兵衛さんの言う通りだよ。いくら気のいい『岩木屋』の旦那でも、お勝さんにいなくなられるのは嫌がるだろうね」

作造は難しい顔で腕を組む。

「あのぉ、とんだ出しゃばりだとお思いになられちゃなんですが、あっしの女房ではいかがでしょう」

「お志麻さんを？」

お勝が声を上げると、与之吉は佐藤に体を向け、

「もとは色町《いろまち》で、少しは辛酸《しんさん》を嘗《な》めた女です。お勝さんには負けますが、多少の度胸は持ち合わせておりますから、見張りぐらいならまかせられると思います」

落ち着いた声で思いを告げると、小さく頭を下げた。

「だけど、お志麻さんが承知してくれるかどうかだよ、与之吉さん」

「いや、お勝さん、お志麻にはなんとしてでも承知してもらいますよ」

与之吉がそこまで言い張るのは、自分が持ち込んだ『たすけて』という書き込みの一件が、今回の騒ぎを引き起こしているとでも思っているせいかもしれない。

そんなことはない——お勝はそう言ってやろうかと思ったが、お志麻をおりょうの身代わりにという申し出は、案外よさそうな気がした。

「与之吉、女房が承知してくれたら、すぐ作造に知らせてもらいたい」

「承知しました」

与之吉はやや畏《かしこ》まって、佐藤と作造に頭を下げた。

「佐藤様、あとひとつ思案しなくちゃならねえことがあるんですが」

そう切り出したのは、作造だった。

「女中のおりょうを、いっとき、どこに避難させたらいいかってことですが」

「江戸に、親きょうだいはいないのか」

佐藤の口から疑義が飛び出すと、

「あの子は、八つか九つの時分に二親《ふたおや》を病《やまい》で相次いで亡くしております」

お勝は静かに告げた。

そのことを知ったのは、三日前、根津から室町の『天王寺屋』におりょうを送り届ける道中のことだった。

二親が死んだあとは、町役人の口利きで、子のいない品川洲崎《しながわすさき》の気のいい漁師夫婦に預けられて育てられ、十三になったときに自分から言い出して洲崎を出ると、住み込み奉公をしながら生きてきたのだとも聞いていた。

「伝兵衛さん、その子をしばらくここに置いてもらうわけにはいきませんかねぇ」

お勝が水を向けると、伝兵衛は慌てふためき、

「いやそりゃ、お役に立ちたいとは思いますが、だってそんな、十六、七の娘さんとひとつ屋根の下だなんて――だいたい、年の離れた娘御《むすめご》とどんな話をすればいいのか」

「うちのお琴とは、いつも話が通じてるじゃありませんか」

「長年付き合っていれば通じもしようが、十六、七の、そんな娘にいったい何を食べさせたらいいのか」

「わかりましたよ、伝兵衛さん」

おろおろと眼を白黒させて落ち着きを失う伝兵衛を見て、お勝はこれ以上悩ませるのが申し訳なくなって、申し出を引っ込めた。

翌二十一日の朝、お勝はいつもより四半刻《しはんとき》（約三十分）も早く『ごんげん長屋』

を出て、『岩木屋』へと足を向けている。

その少し前、長屋の井戸端を通りかかったとき、顔を洗っていた与之吉とお志麻夫婦から「おはよう」と声が掛かって、足を止めた。

「お勝さん、昨夜の大家さんの家での話、与之さんから聞きました」

お志麻が口にした話というのは、おりょうの身代わりをお志麻に頼むと言った、与之吉の昨夜の思惑のことだった。

「わたし、その若い女中さんの身代わり、務めさせていただきますよ」

お志麻はそう言って、屈託《くったく》のない笑みをお勝に向けた。

「そのことは、出がけに作造親分に知らせて行きますが、もうひとつ、おりょうって娘をどこで預かるかってことですがね」

与之吉はそう言って、顔を曇らせた。

「あぁ、それならひとつ当てがあるから、早めに出掛けるんだよ」

お勝はそう言い残して、『ごんげん長屋』をあとにし、『岩木屋』へ向かっていたのである。

「おはようございます」

声を掛けながら『岩木屋』の台所の土間に入り込むと、

「おや、今朝は早いねぇ」

流しで洗い物をしていたお民から声が掛かった。

「ほら、やっぱり番頭さんの声だよ」

奥から板の間に現れた吉之助が、すぐ後ろに続いてきた女房のおふじにそう声を掛けた。

「お勝さん、今日はやけに早いじゃありませんか」

「ちょっと、お二人に折り入ってお願いしたいことがあったもんですから」

お勝がおふじにそう返答すると、

「場所を変えるかい」

と、気を回した吉之助に、

「いえ。このことは、顔の広いお民さんにも聞いてもらいたいので」

お勝はそう答えると、おりょうとの関わりを打ち明けて、『天王寺屋』から避難させることになった経緯を大まかに話し、

「ただ、その子を預かるのが五日になるか十日になるか、その辺りがはっきりしないというのが困りものなんですが、旦那さんやお民さんに、そんな娘さんを引き受けてくれそうなところに心当たりがないか、聞いてみようと思ったんですよ」

と思いを述べた。

「なるほど」

吉之助は呟くと、思案するように軽く首を捻った。

「何を言うんですよ、お勝さん。そんな心当たりぐらいあるに決まってるじゃありませんか」

おふじが頼もしい言葉を吐くと、

「どこだい」

吉之助が不審を口にした。

「うちですよ。ここ」

おふじは、台所の板の間を掌《てのひら》で軽くポンと叩いた。

「でも、こちらにはお美津さんもおいでになるし」

お勝は、吉之助夫婦の娘の名を口にした。

「寝泊まりする部屋のことなら心配いりませんよ、お勝さん。お美津は神田のおもよさんのところに行ったきりで、すぐに帰ってくることもなさそうですしね」

「あ」

お勝は、おふじの話に、思わず声を出してしまった。

踊りの稽古《けいこ》に通っていたお美津は、同じ師匠に師事していた小間物屋の後継《あとつ》ぎの男といい仲だったのだが、その男と恋仲だと言う女が突然『岩木屋』に乗り込んできて、お美津に対して罵詈雑言《ばりぞうごん》を浴びせるという出来事が、先月の初め頃起きた。

そのとき、小間物屋の後継ぎは、「これまでのことはなかったことに」と口にしてお美津を裏切り、乗り込んできた女に引っ張られて去ったのである。

あまりの出来事に傷ついたお美津は、その場を見たお勝をはじめ、奉公人たちのいる『岩木屋』から離れるべく、神田に嫁《とつ》いでいる吉之助の妹、おもよの家に居候《いそうろう》をしているのだ。

その甲斐《かい》あって、お美津の心の傷はすっかり癒《い》えたようだと、十日ほど前に、吉之助から聞いたばかりだった。

「なのにさぁ、おもよさんの家の居心地がいいのか神田界隈を気に入ったのか、もう少し神田に居続けると言ってくる始末で、こっちは呆《あき》れてしまいますよ。だからねお勝さん、その子が寝泊まりする部屋の心配はないっていうことなんですよ」

そう言って、おふじはお勝に笑みを向けた。

「うちの大黒様がそう言うなら、わたしに否《いな》やはありませんよ」

吉之助も賛意を口にした。

その途端、板の間に両手をついたお勝は、

「お言葉、ありがとう存じます。さっそく、作造親分に知らせることにします」

と言って、板の間に額《ひたい》をこすりつけた。

四

昨日までは小春日和《こはるびより》で、暖かい日射《ひざ》しを浴びていたが、今日は朝から木枯《こが》らしが吹いて、枝にしがみついていた木々の葉をかなり散らせた。

夕方近くになって風は収まったものの、日が落ちてからの水仕事は手がかじかむので閉口する。

夕餉のあとの洗い物や明日の朝餉の支度で『ごんげん長屋』の井戸端に集まっている住人たちも、水仕事を早く済まそうとして口数が少ない。

いつも賑《にぎ》やかなお啓やお富、お六まで口数は少なく、沢木栄五郎と藤七は黙々と井戸の水を汲み上げ、持ってきていた手桶《ておけ》ふたつに満たそうとしている。

「お師匠様、水を家に運んでどうするんですか」

お勝とお琴と並んで洗い物をしていたお妙が、訝《いぶか》しそうな顔つきで問いかけた。

「いやぁ、ここで洗い物をすると手が凍《こご》えて、子供たちの書の添削《てんさく》をする筆をちゃんと持てなくなるんだよ」

困ったような笑みを浮かべた栄五郎が答えると、

「だからさ、家に戻って湯を沸《わ》かし、手を温めようという魂胆《こんたん》なんだよ」

藤七がそう言葉を繋げた。

「なるほど。そうすると、火鉢の火と湯気が家の中も暖かくするという寸法だ」

お富が声を上げると、

「なぁるほど」

間髪《かんはつ》を容《い》れずに反応したお六が、大きく頷いた。

「うちでも、夜中、火鉢の炭で鉄瓶をあっためようよ」

「それは駄目。炭がもったいないもの」

お琴が、お妙の頼みをきっぱりと撥ねつけると、

「さすが姉さんだね。お琴ちゃんは偉い」

火消しの女房のお富からお褒《ほ》めの言葉が掛かった。

「もったいないのもひとつだけど、寝相の悪いうちの幸助なんか、火鉢に足を突

っ込んだり、湯のたぎった鉄瓶を倒したりする心配があるから、ひと晩中火を熾《おこ》すのは剣呑《けんのん》なんだよ」

「それはそうです。わたしも寝るときは、火種《ひだね》は炭壺《すみつぼ》に入れて消しますし、小さいのは灰に埋めるように用心してます」

栄五郎からも、お勝に同調する声が上がると、

「まぁ、みんなそれくらい気配りをしてりゃ、『ごんげん長屋』から火が出ることは金輪際《こんりんざい》ねぇだろうよ」

藤七からそんな言葉が出て、その場の一同はてんでに〈うんうん〉と頷いた。

「あ、お帰り」

米を研ぎ終えたお六が、洗い終えた釜を持ち上げると同時に声を出す。

表通りの方から湯桶を抱えて現れた与之吉が、「ただいま」と返事をして井戸端を通り過ぎようとすると、

「与之吉さん、夕餉はちゃんと済ませたのかい」

お啓から声が掛かった。

「へぇ。湯屋の帰りに飯屋に寄ってね」

そう答えただけで、与之吉は軽く会釈《えしゃく》をして井戸から二軒目の自分の家に姿

を消した。
「このところ、与之吉さんはもっぱら外で食べている様子だね」
与之吉の隣に住むお六が囁《ささや》くと、
「お前たちは、洗った物を持って先にお帰り」
お勝は、お琴とお妙に洗い終えた茶碗や鍋などを持たせて、軽く背中を押して
その場を去らせた。
「ここ何日か、お志麻さんの姿が見えないから、昼間、伝兵衛さんに聞いたら、
どこか信心《しんじん》してる寺参りに出掛けてるんじゃないのかなんて言ってたから、何も
夫婦別れをしたわけじゃなさそうだよ」
お富が囁いた。
「でも、お志麻さんの姿を見なくなって、今日で三日ですよ」
お六まで囁く。
『天王寺屋』の住み込みの女中のおりょうが『岩木屋』で寝泊まりを始め、お志
麻が『天王寺屋』に住み込みに入ってから今日で三日目だったが、お勝と伝兵衛
には、そのことを口外しないよう、目明かしの作造から厳命があった。
「だけど、お志麻さんが信心してる寺っていうと、どこの寺だろうね」

「お啓さん、戸塚《とつか》の先の藤沢《ふじさわ》には、遊行寺《ゆぎようじ》があるよ」

藤七が、お啓の疑問に答えを返すと、

「お志麻さんがどうして東海道を上って藤沢まで行くんです？」

お六の口からは不審の声が上がった。

「三日も姿を見せないってことは、遠出をしたに違いないと踏んだのさ。おれはかなり以前、藤沢の先の三島宿《みしましゆく》にもいたから、遊行寺はいいっていう噂《うわさ》を耳にしていたし、その辺りに行ったんじゃねぇかっていう、ただの勘だよ」

「なぁんだ」

声を発したお六が鍋釜《なべかま》を持って腰を上げると、口々に「おやすみ」と声を掛け合って、それぞれの家に向かう。

「わたしはちょっと、与之吉さんに話が」

一人残ったお勝は、お琴とお妙が置いていった湯呑や急須《きゆうす》を笊《ざる》に載せて与之吉の家の戸口に立ち、

「勝だけど」

囁き声で呼びかけた。

ほどなくして、音もなく戸が開けられ、与之吉が『中へ』と言うように土間を

示した。

お勝は土間に入るとすぐ、静かに戸を閉めて、

「与之吉さん、さっきの様子は、いくらなんでも陰気すぎるよ」

井戸端での住人とのやりとりについて、軽く駄目を出した。

「あぁ、やっぱりそうですかねぇ。女房がいなくなってはしゃぐのもなんだと思ってしょげ返ってみたが、明日からは芝居っ気《け》はやめます」

「その方がいいよ」

そう言ったお勝は、お志麻が『天王寺屋』で大過《たいか》なく過ごしているらしいと告げた。

唐辛子売《とうがらしう》りになりすました作造の下っ引きの久助が、『天王寺屋』の台所に呼ばれて行った際には、そこへ折よく現れた、二十六、七の女中を、『これがお蝶だ』と初手からの取り決め通りに、お志麻が眼を動かして知らせてくれたことも話し、

「佐藤様も作造親分も、お志麻さんの働きには感心しておいでだそうだよ」

そう言葉を添えると、与之吉は片手を頭にやって、我がことのように照れまくった。

翌朝、お勝はいつもの刻限に『ごんげん長屋』を出て質舗『岩木屋』へと足を向けていた。

上野東叡山から少し前に顔を出した朝の日射しが、霜《しも》でも降りたものか、通りのそこここをキラキラと光らせている。

顔見知りになった職人たちと、口々に朝の挨拶《あいさつ》を交《か》わしながら通りを行くと、

「おはようございます」

表を掃《は》く十二、三の男児から声が掛かった。

『ごんげん長屋』の住人である治兵衛が番頭を務める足袋屋《たびや》の『弥勒屋』に最近奉公するようになった小僧である。

「おはよう」

と応えたお勝は、「風邪《かぜ》なんかひくんじゃないよ」とも声を掛けて根津権現社の方へと向かった。

通りの角を曲がりかけてふと足を止めたお勝は、建物の陰に身を潜《ひそ》めて、行く手をそっと覗く。

まだ大戸の開いていない『岩木屋』の表で、襷掛《たすきが》けをしたおりょうが竹箒《たけぼうき》を動かして、道に落ちた枯れ葉を楽しげにかき集めている。

三日前、『岩木屋』にやってきたおりょうは、

「家の中のことはなんにもしなくていいから、のんびりすればいいんだよ」

おふじからそんな気遣《きづか》いをされたのだ。

すると、

「わたしは、何もしないでじっとするのは性に合いません。家の掃除や台所の用事でもなんでも言いつけてください」

おりょうは、おふじとその場にいた吉之助にもそう申し入れていたのだ。

「おぉ、今日も朝から感心だねぇ」

通りをやってきておりょうに声を掛けたのは、『岩木屋』の傍で『桔梗屋《ききょうや》』という口入れ屋を営んでいる仙右衛門《せんえもん》だった。

「おはようございます」

おりょうは手を止めて、仙右衛門に軽く頭を下げた。

そこへ、

「おはよう」

と声を掛けながらお勝が歩《ほ》を進めると、おりょうと仙右衛門から朝の挨拶が返ってきた。

「お勝さん、あんた、どこでこんな働き者を見つけてきたんだね」

仙右衛門はまるで怒ったようにそう言うと、おりょうを手で示した。

「日本橋室町に、いい口入れ屋さんがありましてね」

お勝が笑みを浮かべて返答すると、

「ええっ。口入れならすぐ傍に『桔梗屋』があるというのに、どうして室町の方から――いや、それはともかく、このおりょうさんなら、どこへ行っても重宝がられること間違いなしだね」

胸の前で腕を組んだ仙右衛門は、一人合点《がてん》して大きく頷いてみせた。


質舗『岩木屋』の台所の囲炉裏端《いろりばた》に膝を揃えたお勝、おふじ、お民が、湯気の立っている蒸《ふ》かし芋《いも》をふうふう言いながら頰張《ほおば》っている。

ほんの少し前に、上野東叡山の時《とき》の鐘《かね》が八つ（午後二時頃）を知らせたばかりという頃おいだった。

午後になってから、質草《しちぐさ》の出し入れに来る客の数が減ったので、先に一休みした慶三と代わったお勝が、茶と一緒に出た芋を口にしている。

「いえね、着いた日に近所に挨拶回りをしたときから、『桔梗屋』の仙右衛門さんは、あの子はいいあの子はいいって、わざわざわたしに言いに来たくらいだったのよ」

お勝が、仙右衛門が今朝、おりょうを褒めていたと話した途端、おふじの口からもおりょうに関する話が飛び出したのだった。

「よおっ」

裏庭の方から弥太郎の掛け声がするとすぐ、パカーンと薪《まき》の割れる音が先刻から台所に届いていた。

「弥太郎さんも要助さんも、おりょうちゃんが上手上手と褒めるもんだから、薪割りに精を出してくれて、わたしとしては、ありがたいかぎりですよ」

ふふと笑って、お民は湯呑の茶を飲み、

「そのうえおかみさん、あの子、何も言わなくてもきちんと鍋釜まで洗ってくれましてねぇ」

そう言って、感心したようなため息を洩らす。

「孤児になってから苦労したはずなのに、気持ちがまっすぐですよ」

お勝は、しみじみと素直な感想を口にすると、

「そのうえ、しっかりしてる。だってね、お民さん、竈《かまど》の灰は売れますから、溜

めておいて売れば、小銭が貯まりますって言うんですよ」

お民の話に、お勝とおふじは思わず身を乗り出した。

「小銭を貯めたら、何かに使うのかいって聞いたら、ハハハって大笑いしましてね、灰とはいえお店のものを売って自分のものにしたら、それは盗人《ぬすっと》の所業ですよって言うじゃありませんか。じゃ、どうするんだいって聞いたら、小銭が貯まったら、奉公人の朝餉か夕餉の膳に、一人に一串《くし》でも目刺《めざ》しを足してやったらいいじゃありませんかって、そう言うんですよ」

「感心するねぇ」

おふじは、お民の話を聞いて、感じ入った声を洩らした。

パカーンと、また裏庭の方から薪を割る音がした。

「要助さんも上手！」

続いて、おりょうの弾《はず》むような声が届く。

「昨日なんか、夕餉の支度が済んで帰ろうとしてたら、そこに腰掛けてって言われましてね」

板の間の上《あ》がり框《がまち》の方に手先を向けたお民は、

「腰掛けたら、あの子は土間を上がって背中に回りましてね、肩を揉《も》んだり叩いたりしてくれたんですよ。嫁に行った娘だって、そんなこと一度もしてくれやしなかったのに、あの子は」

そこまで口にして、お民は指でそっと目尻を拭《ぬぐ》った。

お勝とおふじは黙り込んで、手にしていた湯吞と芋に眼を落とすと、台所にパカーンと心地よい音が響き渡った。

お勝ら女三人は、音のした方に期せずして顔を向けた。

「あの」

板の間に入りかけた慶三は、囲炉裏の周りの女たちの様子に、慌ててあとの言葉を吞《の》み込んだらしく、立ちすくんでいた。

「あ。なんだい」

お勝が静かに問いかけると、

「刀を預けたいと言うご浪人がおいでで」

「すぐ行くよ」

お勝は慶三に返事をすると、ゆっくりと腰を上げた。

根津権現門前町界隈は、朝からどんよりと曇っていた。

根津権現社近くにある『岩木屋』の店の中に日は射さず薄暗いが、天井から下がっている八方《はっぽう》に火を灯すほどのことはなかった。

お勝は、開けたばかりの店の帳場机に着いて帳面を開き、慶三は鉄瓶の載った火鉢の火加減を見ている。

お勝が、口入れ屋『桔梗屋』の仙右衛門からおりょうを褒める言葉を聞いてから、三日が経った十月二十七日の朝である。

「番頭さん」

奥の廊下から暖簾《のれん》を割って板の間に現れた吉之助が、

「ここは慶三にまかせて、台所に来ておくれ」

声を低めてお勝に告げた。

「何か」

お勝が首を傾げると、

「作造親分が見えてるんだよ」

吉之助はさらに声を低めた。

お勝は腰を上げると、

「慶三さん、ここを頼みますよ」

声を掛けたお勝は、吉之助のあとに続いて、台所へと向かう。

廊下を進み、吉之助のあとから台所に出ると、薪の燃える囲炉裏端におふじとおりょうが膝を揃えており、土間の框に腰掛けた作造の近くに湯気の立つ湯呑を置いたお民は、板の間に上がる踏み台に腰を下ろした。

「親分がね、『天王寺屋』さんに昨夜、押し込みが入ったことを知らせに」

吉之助に続いて腰を下ろすとすぐ、おふじはお勝に向けてそう告げた。

「え」

声にならない声を発したお勝が、作造の方に顔を向けると、

「押し込んだ盗賊八人は残らずお縄になったから、安心するよう、知らせに来たんだよ」

作造はやっと、小さな笑みを浮かべた。

しかし、体を強張らせて膝を揃えているおりょうの顔つきは硬い。

「それにしても、盗賊は、奉行所の佐藤様の見立て通り、すんなりと押し込んだもんですね親分」

吉之助が口にした通り、『岩木屋』に避難したおりょうの身代わりになったお志麻が住み込みに入ってから五日が経った昨夜、『天王寺屋』に盗賊が押し入っ

たのである。

「お志麻さんが店に入った二十一日から、室町の『天王寺屋』周辺には、日本橋界隈の目明かしやその下っ引きたちが、物売りや大道芸人になりすまして眼を光らせていたんだよ」

昨日までの緊張が解けたものか、作造は、此度《こたび》の捕り物の話を切り出した。

それによると、『天王寺屋』の表にある旅籠《はたご》の二階と、裏手の竹籠屋《たけかごや》の台所を見張り所にして、奉行所の同心と小者が交代で詰めたという。

「見張りを始めて四日目の二十四日には、貸本屋の与之吉さんが本を担《かつ》いで、貸していた本の交換も兼ねて『天王寺屋』の勝手口に入ったんだが、その帰り際、近づいてきたお志麻さんから、あることを耳打ちされたんだよ」

お志麻が与之吉に耳打ちしたのは、女中のお蝶が女中頭に、四半刻ほどの外出を願い出たという件だった。

「台所の出汁昆布《だしこんぶ》が切れてるから、八つ半（午後三時頃）から四半刻ばかり買い物に行く間をいただきたい」

お蝶はそう願い出て許しを得ると、八つ半頃に『天王寺屋』を出ていった。

与之吉から知らせを聞いていた見張りの目明かしと奉行所の若手の同心や小者

たちは、抜かりなくお蝶のあとをつけた。

女中頭に申し出た通り、お蝶は同じ室町の浮世小路《うきよしょうじ》近くの昆布屋に入って昆布を買い求めた。

だが、その帰途、昆布屋近くにある稲荷社《いなりしゃ》に立ち寄ってお参りをしたお蝶が、通りかかった雲水笠《うんすいがさ》を被《かぶ》った修行僧に喜捨《きしゃ》をすると、お札《ふだ》のようなものを受け取ったのだ。

そのとき、両者に短いやりとりがあったことを小者と目明かしの一人が気づいたのだと、作造は言い、

「そのことをすぐに佐藤様にお知らせすると、ほんの少し思案しなすって、押し込みは近々だなと、ぽつりと、そう口になされたよ」

台所の面々に向かって、密やかな声で告げた。

同心の佐藤の言葉は、『天王寺屋』を見張っているすべての者に伝えられ、日が暮れると、見張りと警固《けいご》の人数が密かに増やされた。

『天王寺屋』に異変があったのは、その二日後のことだった。

九つ（午前零時頃）の鐘が鳴ってから四半刻ばかりが経った二十六日の深夜、どこかに潜んでいた黒装束《くろしようぞく》の者たちが三方から現れて、『天王寺屋』の裏手の板《いた》

塀《べい》近くに集結して屈み込んだ。

潜《くぐ》り戸《ど》近くに屈んでいた黒装束の一人が、軽く三度、板を叩くと、中から閂《かんぬき》が外されて戸が開けられ、島田《しまだ》の髪形をした女の影が手招きをした。

それを合図に黒装束の八人が音もなく中に入り込み、入れ代わりに、戸を開けた女が出てきて、暗い小道を足早に伊勢町堀《いせちょうぼり》の方へと向かっていった。

しかし、あとをつけた作造の下っ引きの久助と奉行所の捕り手三人が、荒布橋《あらめばし》を渡ろうとした女を捕まえて縛り、大声を出さぬよう猿轡《さるぐつわ》を嚙ませたという。

「その女は案の定、『天王寺屋』に入り込んでいたお蝶だったよ」

作造の口から出た言葉を聞いたおりょうは、大きく「はぁ」と息を吐いた。

「それで、盗賊はどうなりました」

吉之助が身を乗り出すと、

「袋の鼠《ねずみ》ってやつです。待ち構えていた佐藤様や二人の若い同心、小者、捕り手三十人に囲まれたら、匕首《あいくち》を抜いた盗賊どもでも敵《かな》うわけがねぇ。あっという間に一網打尽《いちもうだじん》だった」

そこまで話した作造も、小さく息を吐くと、板の間にあった湯呑を手にしてひと口飲み、再び口を開く。

「同心の佐藤様がね、此度の一件は、おりょうさんの手柄だなと、そう仰《おつしや》ったぜ」

「とんでもありません」

作造に向かって手を横に打ち振ったおりょうは、

「『天王寺屋』の皆さんや奉公人に、怪我なんかは――」

と、作造を注視した。

「みんな、無事だよ」

作造が答えると、はぁと息を吐いたおりょうは、ぐにゃりと背中を丸めて板の間に片手をつき、力の抜けた体を支えた。

「片付いたね」

吉之助の声に、

「はい」

お勝は短く返事をした。

「みんな片付いたから、おりょうさん、晴れて『天王寺屋』に帰れるぜ」

作造が笑いかけたが、おりょうは惚《ほう》けたように虚空《こくう》を見つめているばかりである。

「よかったねと言いたいとこだけど」

途中で言葉を切ったおふじは、膝に置いた手に眼を落とした。

「そうか。帰ってしまうのかぁ」

そう口にしたお民は、土間の踏み台に腰掛けたまま、「はぁ」とため息をついた。

五

朝からどんよりとしていた雲は昼過ぎには薄れて、ほどなく九つ半（午後一時頃）という『岩木屋』の表には薄日が射していた。

小さな風呂敷包みを胸の前に抱えたおりょうが、『天王寺屋』から遣《つか》わされた迎えの手代のあとから店の前に出ていくと、それに続いて、お勝、吉之助、おふじ、慶三が表へと出た。

そこには、蔵番の茂平をはじめ、車曳きの弥太郎、修繕係の要助、それにお民が並んで立っていた。

「皆さん、よくしていただいて、本当にありがとうございました」

おりょうからそんな言葉が掛かったが、外で待っていた茂平や弥太郎たちは声もなく、ただコクリと頷くだけである。

「それじゃ、若い衆、おりょうさんを送り届けておくれ」

「承知しました」

手代は吉之助に丁寧に返事をすると、

「行こうか」

おりょうに声を掛けて、先に立った。

「おりょうちゃん、いろいろありがとうよ」

お民から声が飛ぶと、行きかけていたおりょうの足が止まった。

するとすぐ、おふじが、

「正月の藪入《やぶい》りに、どこにも行く当てがなかったら、うちに来るんだよっ」

大声を放つと、おりょうはおふじやお勝たちの方に体を向けて深々と頭を下げたあと、先に立っていた迎えの手代の方へと駆け出した。

その姿が表通りから消えると、『岩木屋』の見送り人たちは声もなくその場からそれぞれの持ち場へと去っていった。

最後まで表に残っていたお勝が、店の方に足を向けた途端、神主屋敷の小道から現れた佐藤利兵衛の姿に気づいた。

「これは佐藤様」

「こっちに来たついでに、『天王寺屋』のおりょうに会おうと思ったんだが」

「それはあいにくでした。おりょうちゃんはたった今、『天王寺屋』さんの若い衆に連れられて室町へ向かったところでして」

お勝がそう告げると、佐藤は表通りの方に眼を遣《や》り、

「いずれ礼を言う折もあろう」

呟きを洩らした。

「佐藤様、こっちに来たついでと申されましたが」

「いやぁ、『天王寺屋』の主に頼まれて、与之吉夫婦に会いに来たんだが、『ごんげん長屋』にいなかったから、大家の伝兵衛さんに言付けをしてきたところなんだ」

「与之吉さん夫婦も、此度は働きましたからねぇ」

お勝が小さく頷くと、

「うん。それで『天王寺屋』が、与之吉夫婦に会って、直《じか》に礼をしたいとも言ってるんだよ」

秘密めかした物言いをした佐藤は、微笑《ほほえ》みを浮かべた。

『ごんげん長屋』のお勝一家の夕餉が終わってから、半刻が過ぎた時分である。

五つ（午後八時頃）という刻限が近く、外はとっぷりと暮れており、三人の子供たちは寝巻に着替えて、眼の冴《さ》えている幸助は、敷いた布団の上をごろごろと転げ回っている。

『岩木屋』に寝泊まりしていたおりょうが、『天王寺屋』に戻った日から二日が過ぎた十月の晦日《みそか》である。

この日の夕刻、『岩木屋』から帰ったお勝は、与之吉夫婦が『天王寺屋』の主人の招きで、神田川に架《か》かる柳橋《やなぎばし》近くの料理屋に出掛けていったと、伝兵衛から聞かされていた。

寝る前に少しばかり針仕事をしたお勝が、裁縫箱《さいほうばこ》を片付けようとしたとき、

「お勝さん」

外から、囁くような声がした。

「どなた」

気を利かせてお琴が問いかけると、

「夜分すみません、志麻です」

その声を聞いたお琴が戸を開けると、路地に立ったお志麻が、

「今帰ってきましたけど、ほんの少し、伝兵衛さんの家に来てもらえませんか」

両手を合わせて、お勝に頭を下げた。

お志麻に続いて伝兵衛の家に上がり、居間に入っていくと、火鉢を間に伝兵衛と向かい合っていた与之吉は、力なくガクリと肩を落としていた。

「どうしたんだい」

お勝が与之吉に問いかけると、与之吉は虚《うつ》ろな目を向けた。

「与之さん」

お志麻も声を掛けたが、与之吉からは「はぁ」というため息が洩れるだけである。

「伝兵衛さん、何があったんです？」

「それがね」

伝兵衛はそう言ってお勝に向くと、与之吉とお志麻は、料理屋で待っていた『天王寺屋』の主、庄左衛門《しょうざえもん》から丁寧な挨拶をされたのだと切り出した。

「つまりだね、貸本に書き込まれた『たすけて』という文字を気に留めた与之吉さんの細やかな気遣いのおかげで、『天王寺屋』は救われたと、そりゃもう、手放しで喜んだそうだよ」

「えぇ」

お志麻は、伝兵衛の話に相槌を打ち、

「いろいろと骨を折ったお勝さんについても、ありがたいことだと言って、いつか会ってみたいものだなんて」

「あたしなんかそんな」

お勝は、顔の前で片手を左右に打ち振った。

「そんなことを口にした『天王寺屋』さんが、与之吉さんに何か礼をしたいと言い出したんだよ。だろう？」

伝兵衛がお志麻に眼を向けると、

「貸本屋のことは脇に置いて、実はこんな商いをしたかったと前々からの夢のようなものはあるのかと、お尋ねになったんです」

お志麻は、その場のことを思い出すような面持ちでそう述べた。

「そしたら、与之吉さんは、そんなものはないと返事したと言うじゃないか」

伝兵衛が呆れたような声を発した。

「それでわたし、思わず、あるじゃないかと口を挟んでしまったんですよ」

お志麻がそう打ち明けた。

「あったのかい」

お勝が静かに声を掛けると、

「与之さんは以前から、畳二畳ばかりの小店《こみせ》でもいいから、表通りで貸本屋をしたいと言っていたんですよ」

お志麻からそんな話が飛び出した。

与之吉のそんな思いは、お勝も以前耳にしたことがある。

「いつだったか、独り立ちに二の足を踏んでいた植木屋の辰之助さんに、もったいないことを言うなとかなんとか、怒ったように口走ったのを聞いた覚えがあるよ」

お勝がそう言うと、

「夢はどうせ叶わねぇから、ないと言ったんですよ。あると言えば、あとあと虚《むな》しくなるだけだからさ」

与之吉は開き直った物言いをした。

「そしたら『天王寺屋』さんが、叶いそうもないという夢の話を聞きたいと仰るから、与之さんは仕方なく話し始めて」

お志麻はそこまで言うと、与之吉の片腕を摑んで、『あとは自分で話せ』とでも言うように、腕を揺すった。

「おれが小店を持ちたいのは、歩きたくないからじゃないって言ったよ。店を持っても、晴れた日には貸本を入れた行李を担いで、お得意先を回るつもりなんだ。だがね、雨の日は本が濡れたり破れたりして、修繕にも難儀するし、大損をすることもあるんだ。そんなとき、小さくても店があればと思う。晴れた日には、おれが出掛けたあと、女房が店番もできるんだ。お志麻が店先に腰掛けて、膝に猫かなんか乗せて、夏の夕暮れ時に団扇《うちわ》を動かす様は、なかなかいいもんだなんて思うしさ。店番に飽いたら、奥の部屋に弟子を集めて、腕に覚えのある踊りを教えれば、暮らしにも張りが生まれるんじゃねぇかなんて――おれがそんなことを口走ったら、その夢、叶えましょうと、『天王寺屋』の旦那が」

そこまで言うと、口が乾いたのか、与之吉は生唾《なまつば》を呑んだ。

「叶えるというと――」

お勝が呟く声で尋ねると、

「『天王寺屋』さんが、神田多町《かんだたちょう》にある小さな家作《かさく》を貸すと言ってくだすったんですよ」

声を掠《かす》れさせて返答したお志麻は、

「でも、そこは来月の末にならないと空かないが、それでもいいかと聞かれたので、わたしも与之さんも、思わず『はい』って返事をしてしまったんです」

　一息に話し終えた。

「それはよかったじゃないかぁ」

　お勝が口にすると、与之吉とお志麻は、声もなく頷いた。

「『天王寺屋』さんは、恩人の与之吉さんから店賃《たなちん》を取る気はないが、それでは商いをする張りというものがないだろうから、月に二朱の店賃は貰《もら》うことにすると、そう口にしたそうだよ」

「ということは、今伝兵衛さんに払ってる店賃に毛が生《は》えたくらいだね」

　伝兵衛の言葉に続いてお勝が言うと、与之吉とお志麻は揃って頷いた。

「しかも、『天王寺屋』さんは、貸本屋に改修する修繕代込みで五両を出すとまで言ってくれたというのに、この二人にはどうしてだか、迷いが出てるんだよ」

　伝兵衛は呆れたように語気を強くした。

「どうしてまた。そんないい話に、迷うことないじゃないか」

　お勝まで声を張ると、

「いい話だけど、棚から牡丹餅《ぼたもち》ってのはあとが怖いんですよ。あとから、なんかよくないことが起きるんじゃないかと」

　与之吉が弱音を吐いた。

「よくないことが起きるのは、欲を出してふたつ目の牡丹餅を狙うからだよ」

　そう決めつけた伝兵衛は、

「それに、牡丹餅は春のもんだし、棚から落ちてくるのは今の時季ならおはぎだよ。気にすることはないんじゃないか」

「しかしなぁ」

　与之吉は、伝兵衛の勧めにも怖気《おじけ》を見せた。

「牡丹餅でもなんでもいいから、食ってみなきゃ始まらないじゃないか、与之吉さん」

　伝兵衛が盛んに勧めると、

「そうだよ。思い切ってお食べよ」

　お勝も決意を促《うなが》した。

「だけど、『ごんげん長屋』を出ていくと言ったら、みんな、わたしたちをなんと思うか――ここを嫌んなって出ていくんじゃないかなんて、思われたくはないし」

お志麻まで気弱になってしまうのを見て、お勝は、ことを急ぐのを思いとどまることにした。


西の空を染めていた夕焼けは、すっかり色褪《いろあ》せている。

夕闇の迫る根津権現門前町の表通りに、ぽつぽつと明かりが灯り始めていた。

通りの両側に軒《のき》を並べる旅籠や料理屋、居酒屋や食べ物屋、煮売り屋が、人を誘うように軒下の行灯や提灯《ちょうちん》に火を灯し始め、岡場所を控える根津はこれから夜の華《はな》やぎを増していく。

白い息を吐きながら行《ゆ》き交《か》う人の流れを縫うように、お勝は下駄《げた》の音を立てながら帰途に就いていた。

カツカツカツと、行く手から近づいてきた下駄の音が、お勝の眼の前で止まった。

「どうしたんだい」

お勝は、眼の前で足を止めたお琴に声を掛けた。

「あのね」

一言そう言うと、大きく息を継いで、

「長屋が大変なんだよ。大家の伝兵衛さんが、貸本屋の与之吉さん夫婦が『ごんげん長屋』を出ていくと言ったらしくて、長屋の人たちが大騒ぎになって、お志麻さんなんか、泣き出したんだよ」

お琴が顔を強張らせた。

「どうしてまたそんな騒ぎに」

そこまで口にして、お勝はあとの言葉を呑み込んだ。

『ごんげん長屋』を出ていくと言ったら、みんな、わたしたちをなんと思うか

——昨夜、お志麻が口にした不安を思い出していた。

「だけど、出るといっても、ひと月くらい先のことなんだよ」

「おっ母さん、知ってたのかい」

「うん、そうなんだけどね。それで、長屋はどんな騒ぎになってるんだい」

お勝は、努めて冷静にお琴に問いかけた。

「与之吉さんとお志麻さんが、神田辺りに小店を持てるらしいと伝兵衛さんから聞いた長屋にいたお富さんやお啓おばさんたちが、口々に『おめでとう』とか『よかったね』とか、自分のことみたいに喜んだんだよ。そしたら、お志麻さんはいきなり泣き出して、『ありがとう、ありがとう』って。もしかしたら、まだ泣き

続けてるかもしれない」

　お琴は心配そうにお勝に訴えかけた。

　それを聞いて、お勝の胸のつかえが下りた。

「お琴、お志麻さんのその泣き顔、急いで見に行こうじゃないか」

　お勝は笑いかけると、

「うん」

　と応えたお琴と並んで、『ごんげん長屋』へ向けて足を速めた。

この作品は双葉文庫のために書き下ろされました。

双葉文庫

か-52-12

ごんげん長屋《ながや》つれづれ帖《ちょう》【七】

ゆめのはなし

2023年9月16日　第1刷発行

【著者】
金子成人《かねこなりと》

【発行者】
箕浦克史
【発行所】
株式会社双葉社
〒162-8540 東京都新宿区東五軒町3番28号
［電話］03-5261-4818(営業部)　03-5261-4868(編集部)
www.futabasha.co.jp(双葉社の書籍・コミックが買えます)
【印刷所】
中央精版印刷株式会社
【製本所】
中央精版印刷株式会社

【フォーマット・デザイン】
日下潤一

ISBN978-4-575-67174-2 C0193
Printed in Japan

金子成人
ごんげん長屋つれづれ帖【一】長編時代小説
かみなりお勝
〈書き下ろし〉

根津権現門前町の裏店を舞台に、長屋の人情や親子の情をたっぷり描く、くすりと笑えてほろりと泣ける傑作人情シリーズ、注目の第一弾！

金子成人
ごんげん長屋つれづれ帖【二】長編時代小説
ゆく年に
〈書き下ろし〉

長屋の住人で、身重のおたかが倒れてしまった。周囲の世話でなんとか快方に向かうが、亭主の国松は意外な決断を下す。落涙必至の第二弾！

金子成人
ごんげん長屋つれづれ帖【三】長編時代小説
望郷の譜《ふ》
〈書き下ろし〉

長屋の住人たちを温かく見守る彦次郎とおよしの夫婦。穏やかな笑顔の裏には、哀しい過去が秘められていた。傑作人情シリーズ第三弾！

金子成人
ごんげん長屋つれづれ帖【四】長編時代小説
迎《むか》え提灯《ちょうちん》
〈書き下ろし〉

お勝の下の娘お妙は、旗本の姫様だった⁉ 我が子に持ち上がった思いもよらぬ話に、お勝の心はかき乱されて——。人気シリーズ第四弾！

金子成人
ごんげん長屋つれづれ帖【五】長編時代小説
池畔《ちはん》の子
〈書き下ろし〉

お勝たちの向かいに住まう青物売りのお六の、とある奇妙な行為。その裏には、お六の背負う哀しい真実があった。大人気シリーズ第五弾！

金子成人

ごんげん長屋つれづれ帖【六】長編時代小説

菩薩《ぼさつ》の顔

〈書き下ろし〉

二十六夜待ちの夜空に現れた、勢至菩薩様のお姿。ありがたい出来事の陰には、遠き日の悲しい恋の物語があった。大人気シリーズ第六弾！

坂岡真

はぐれ又兵衛例繰控《れいくりびかえ》【七】長編時代小説

為《な》せば成《な》る

〈書き下ろし〉

父の仇を捜す若侍と出会った又兵衛。若侍の境遇に同情し、仇討ちの成就を願うが、おもわぬところから仇の消息の手掛かりを摑み――。

佐々木裕一

新・浪人若さま 新見左近【十四】長編時代小説

乱《みだ》れ普請《ぶしん》

〈書き下ろし〉

町家の手抜き普請が招く、思わぬ惨事――。そして左近の前に、もう一人の名将軍がついに姿を現す！ 大人気シリーズ、注目の第十四弾！

千野隆司

おれは一万石 長編時代小説

不酔《よわず》の酒

〈書き下ろし〉

酒造を制限する触により酒の値が高騰。正紀は高岡領内のどぶろくを買い取り、一儲けを目論むが、たった二升の酒が藩を窮地に追い込む。

千野隆司

おれは一万石 長編時代小説

国替《くにがえ》の渦《うず》

〈書き下ろし〉

造酒額厳守の触を破ったことで、国替えの話が持ち上がった高岡藩井上家。最大の危機を迎えた正紀たちは、沙汰を覆すべく奔走する――。